MW00980549

Dominique Sylvain est née en 1957 en Lorraine. Elle débute en tant que journaliste, puis part vivre au Japon, où elle écrit son premier polar *Baka!*, qui met en scène l'enquêtrice Louise Morvan. Elle a obtenu, en 2005, le Grand Prix des lectrices de *Elle*, catégorie polar, pour son huitième roman *Passage du Désir*, qui signe l'acte de naissance d'un formidable et improbable duo d'enquêtrices, l'ex-commissaire Lola Jost, armée de sa gouaille et de ses kilos, et sa comparse Ingrid Diesel, l'Américaine amoureuse de Paris. Dominique Sylvain est également l'auteur de *Vox*, prix Sang d'encre 2000 et de *Strad*, prix polar Michel-Lebrun, 2001.

TEXTE INTÉGRAL

ISBN 978-2-7578-1191-7
(ISBN 978-2-87858-243-7, 1re publication)

© Éditions Viviane Hamy, mai 2007

Dominique Sylvain

BAKA !

ROMAN

Viviane Hamy

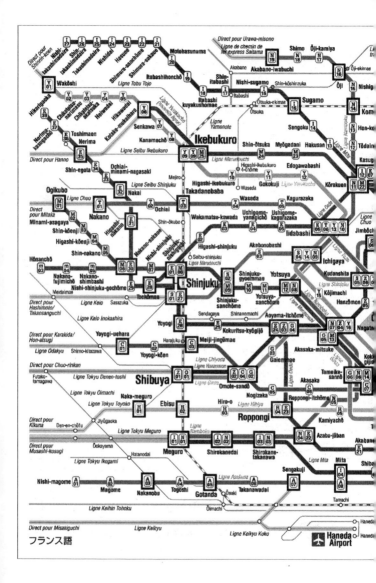

フランス語

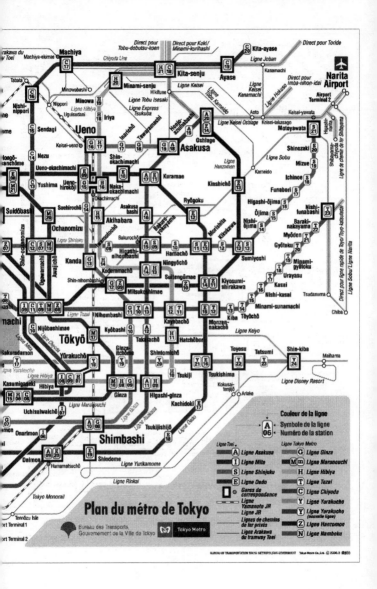

Plan du métro de Tokyo

Bureau des Transports
Gouvernement de la Ville de Tokyo — Tokyo Metro

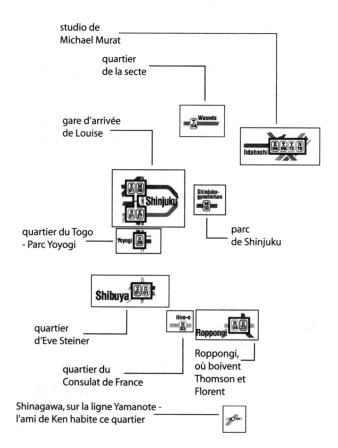

studio de
Michael Murat

quartier
de la secte

Waseda

Iidabashi

gare d'arrivée
de Louise

Shinjuku

Shinjuku-
gyoemmae

parc
de Shinjuku

quartier du Togo
- Parc Yoyogi

Yoyogi

Shibuya

quartier
d'Eve Steiner

Hiro-o

Roppongi

Roppongi,
où boivent
Thomson et
Florent

quartier du
Consulat de France

Shinagawa, sur la ligne Yamanote -
l'ami de Ken habite ce quartier

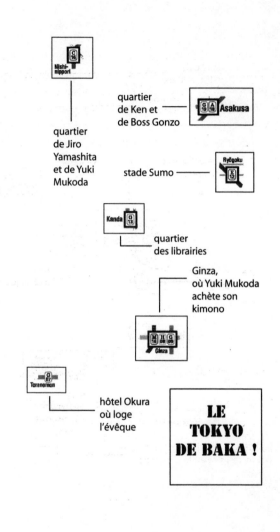

quartier
de Ken et
de Boss Gonzo

quartier
de Jiro
Yamashita
et de Yuki
Mukoda

stade Sumo

quartier
des librairies

Ginza,
où Yuki Mukoda
achète son
kimono

hôtel Okura
où loge
l'évêque

LE
TOKYO
DE BAKA !

Les femmes : bulles de savon ; l'argent : bulles de savon ;
la renommée : bulles de savon. Les reflets sur les bulles
de savon sont le monde dans lequel nous vivons.

Yukio Mishima

1

Louise Morvan savourait sa première soirée d'été au *Clairon des Copains*. Le petit bistrot du canal Saint-Denis faisait le plein, au grand bonheur de pépé Maurice, son propriétaire, qui sirotait un pastis en couvant des yeux sa clientèle. Louise jeta un coup d'œil au dragon-toboggan de la Cité des Sciences, scintillant au soleil couchant, et commanda une bière à la pression.

– Un demi avec un faux col crémeux comme tu les aimes, lui dit le barman. Et maintenant que tu as ce que tu voulais, interdiction de quitter les lieux.

– Tu comptes me séquestrer, Robert ?

– Blaise Seguin va passer. Une affaire pour toi.

Louise porta machinalement sa main à son visage ; un léger croissant bleuté soulignait encore son œil droit, souvenir cuisant de la dernière trouvaille de Seguin. Elle envisagea de partir en courant, puis songea à ses finances en berne. Elle attrapa son bock, fit rouler sa fraîcheur embuée sur sa joue et partit s'installer à sa table attitrée. Il était temps de rédiger le compte-rendu de l'affaire Caldet. Une planque pluvieuse aux abords d'un club d'équitation de Nogent-sur-Marne, trois jours cachée dans l'herbe boueuse, à habituer les chevaux à l'odeur de l'enquêtrice et aux cliquetis de ses appareils photo. Gabrielle Caldet gagnerait son divorce mais perdrait tout le reste. À soixante ans passés, en caleçon et chaussettes, de la paille plein les cheveux, Armand Caldet avait une classe étonnante.

– Je ne connais que Cary Grant pour réussir un coup pareil. Mauvais calcul, trancha Louise en allumant son ordinateur portable.

– Vous soliloquez, ma chère ?

Blaise Seguin venait de se matérialiser dans son éternel complet bleu marine, son visage poupin enluminé sans doute par le souvenir d'un copieux déjeuner. Comme d'habitude, les tempes grises et la froideur du regard bleu dissipaient l'air bonhomme du personnage, cette première impression totalement infondée et qui en avait trompé plus d'un.

– Parfois, mes clients m'inspirent des réflexions métaphysiques.

– Si vous aimez la métaphysique, vous allez être servie. L'Église vous veut, Louise.

– Je ne suis pas sûre d'avoir envie d'entendre la suite.

– J'ai décidé de vous tirer de votre train-train adultérin.

– Pour me faire chuter du grand-huit ?

– Monseigneur Chevry-Toscan, évêque ultrachic, grande famille parisienne, des entrées bétonnées à Rome, souhaite faire appel à vos services.

– Devinette : pourquoi un mec qui donne des claques dans le dos au pape et au gotha parisien engagerait-il une obscure privée du canal Saint-Denis ?

– Votre visage de madone et ces accès de vulgarité, quel mélange délicieux ! Ah, si vous vouliez, Louise…

– Par pitié, Blaise, crachez le morceau.

– Il s'agit de ramener son neveu, Florent Chevry-Toscan, dans le droit chemin. Vous êtes aussi séduisante qu'opiniâtre, et vous parlez japonais.

– Première nouvelle.

– Le jeune Chevry-Toscan fait des affaires à Tokyo.

– Je suis contente pour lui et pour la balance commerciale de notre beau pays.

– Cela ne serait pas mauvais pour la vôtre, d'après ce que je sais. L'opération est bien rémunérée, tranquille, sans risque. Vous direz à l'évêque que vous avez l'habitude d'enquêter à l'étranger, et puis voilà.

– J'ai enquêté une fois au grand-duché du Luxembourg.

– L'essentiel est de ne pas mentir complètement.

– Vous avez pêché cette « opération tranquille » à la sortie de la messe ?

– Du tout. L'évêque est une vieille relation d'une vieille relation.

– Ces patriarches savent que vous palpez un pourcentage si je me charge de l'affaire, et me fais tuer à votre place ?

Seguin commanda un demi à Robert comme si de rien n'était. Ceux que Louise appelait ses assistants étaient, à de rares exceptions, interdits de séjour dans le bureau-appartement du quai de la Gironde ; elle réservait le siège de Morvan Investigations à ses clients. Les indics et filocheurs défilaient au *Clairon* devant une Louise trônant immanquablement derrière son ordinateur. Pour Robert, ils étaient « la cour des miracles de la reine Louise » et pour pépé Maurice, « la bande des loquedus ». Seul Blaise Seguin échappait au mépris du vieux bistrotier, sans doute parce qu'il le gratifiait d'un « cher monsieur » à chacune de ses apparitions. Rien n'aurait pu faire vaciller le respect du vieil homme, ni les chemises douteuses de Seguin, ni ses Weston aux semelles bâillantes.

– Votre oncle se serait jeté sur une proposition comme celle-là.

– Sûr. Julian était délicieusement snob. Et pratiquait la boxe.

Chaque rencontre avec Louise était pour Seguin l'occasion d'évoquer Julian Eden. Après sa mort, elle avait repris l'agence et travaillait en solo, sans associé ni secrétaire. L'oncle mythique revivait à travers les souvenirs de son ancien compagnon d'armes, qui racontait leurs virées avec un talent de conteur oriental. Louise l'écoutait peaufiner ces histoires narrées cent fois : les succès féminins de Julian, ses voitures, ses voyages, son accent anglais et cette élégance qui tenait bon, même dans les pires enquêtes.

– Personne ne pouvait lui faire abandonner une affaire. Je n'ai jamais rencontré quelqu'un d'aussi têtu. À part vous, Louise. Votre mère aussi, peut-être.

– Kathleen est butée. C'est différent.

– Louise, je suis sérieux. Je vous ai déniché une affaire en or.

– La dernière s'est soldée par un coquard, si mes souvenirs sont bons.

– Comment imaginer que le petit ami de la fugueuse que vous recherchiez oserait frapper une femme ?

– Vous n'aviez pas non plus imaginé que le petit ami sortait de tôle…

– Je n'ai pas eu le temps de vous l'apprendre, vous êtes toujours si impétueuse…

Seguin se lança dans un condensé de la saga Chevry-Toscan. L'évêque avait à cœur l'avenir de son neveu, surtout depuis l'accident de voiture de son frère, le président d'une compagnie financière qui avait fait faillite. Certains prétendaient que le prélat culpabilisait de ne pas avoir remis son frère à flot, et que l'accident ressemblait à s'y méprendre à un suicide. Le deuil avait marqué Florent. Il avait décidé de refaire sa vie le plus loin possible de ses racines.

– Et le plus loin possible de tonton la mitre et de ses remords. Sage décision.

– Je vous ai connue plus intrépide, Louise.

– J'ai surtout oublié d'être masochiste. Dès que l'évêque s'apercevra que je ne parle pas un mot de japonais, il me jettera dehors. Je ne cours pas après le ridicule.

– Le *japonais*, vous n'avez que ce mot à la bouche. Mais ce n'est qu'un détail, le japonais.

– Tu parles.

– Puisque c'est ainsi, je pars proposer l'affaire à un confrère plus entreprenant.

Louise laissa Seguin embarquer son air offusqué, oublier sa bière et l'addition, et marcher vers la sortie. Quelques secondes s'effilochèrent avant qu'elle ne le rappelle. Il reprit le fil de son histoire. Louise l'écouta tout en se disant que ces détails étaient superflus ; sa décision était prise depuis que Seguin avait utilisé l'adjectif *rémunérée*. Elle n'avait pas les moyens de refuser la moindre affaire. Qu'on la parachute à Tokyo ou à Trouperdu-les-Nénuphars.

– Je savais que vous accepteriez, Louise. D'ailleurs, je vous ai pris un rendez-vous. Demain matin.

– Pas aux aurores, j'espère.

– À vrai dire, Monseigneur Chevry-Toscan est un lève-tôt… Il vous attend avenue Bosquet, à sept heures.

Content de son petit effet, Seguin s'en alla charmer pépé Maurice. Louise appela Jean-Louis Béranger au siège de son journal et lui demanda de lui mailer une documentation sur l'évêque. Oubliant le fond sonore du *Clairon*, elle reprit son compte-rendu.

*

Louise rejoignit son bureau-appartement du quai de la Gironde vers 22 heures. Une paire de jambes entravait le palier ; elle appartenait à Béranger, lequel était accompagné d'une bouteille de champagne.

– Restée bien fraîche grâce à un sac isotherme, offert par mon caviste. Génial, non ?

– Tu sais toujours m'épargner les détails prosaïques, Jean-Louis. C'est ce qui donne tant de poésie à nos relations.

Béranger se dirigea vers la cuisine et revint avec deux coupes de cristal. Le bouchon sauta avec un « pop » guilleret tandis que Louise attendait, immobile au milieu de la pièce obscure. Béranger prit le chandelier sur le manteau de la cheminée, le posa sur la table et alluma les bougies. Ils burent en silence. Louise se déshabilla, et alla s'asseoir sur le canapé. Son tissu rêche lui piqua la peau.

*

– Si je comprends bien, tu livres à domicile, commenta Louise en tapotant le dossier concocté par Béranger. Je ne t'en demandais pas tant.

– Ton évêque est un cador. C'est un spécialiste mondial des apparitions.

– Sans blague ?

– En d'autres termes, un chasseur de faux miracles. Récemment, on l'a vu déballer sa quincaillerie électronique pour une histoire de Vierge au fin fond de la Roumanie. Deux petits bergers avaient ameuté les télés du monde entier. Tu ne te souviens pas ?

– L'hystérie collective n'est pas vraiment mon rayon, Jean-Louis.

– Détrompe-toi. Monseigneur Chevry-Toscan est un scientifique mais aussi un linguiste de premier plan qui maîtrise plusieurs langues mortes ou rares, histoire de décrypter dans le texte les déclarations des illuminés en transe. Pourquoi t'intéresse-t-il tant ?

– Comme ça.

– Secret professionnel ?

– Merci pour tes tuyaux, reprit-elle après s'être levée pour passer un peignoir.

– De rien, Louise. J'adore ta façon de les monnayer… Mais non, je plaisante.

– J'avais deviné.

– Et si on allait dîner, ou plutôt souper ?

– Dans la presse, vous vous pointez au boulot à onze heures, mais les privés sont plus matinaux. Le champagne était excellent.

– Et on se revoit…

– À l'occasion.

Louise écourta les embrassades sur le palier. Elle alla inspecter son réfrigérateur, y trouva un pot de cancoillotte entamé, se fit une tartine et la mangea adossée contre le réfrigérateur. Elle surfa sur le Net à la recherche d'informations sur le climat tokyoïte. Entre deux typhons, la capitale japonaise savourait une température de 30 °C. Elle entendait encore Seguin lui vendre son affaire. « Votre oncle se serait jeté sur une proposition comme celle-là. » Elle ouvrit le dossier fourni par Béranger.

Lorsqu'il ne parcourait pas la planète à l'affût de faux miracles, Edmond Chevry-Toscan dirigeait l'évêché de Saint-Martin. Un reportage montrait le prélat en sa basilique, posant à côté d'une statue de sainte Agathe, une bienheureuse plutôt photogénique avec son visage aux traits fins et sa cascade de cheveux bouclés. Son reliquaire attirait chaque année deux millions de pèlerins. Un encadré livrait les détails de la confection des reliques et de l'industrialisation des médailles de la sainte aujourd'hui éparpillée, car «plus un saint est aimé, plus il est découpé». Le corps de la canonisée avait été plongé dans un bain d'eau bouillante par des frères chirurgiens de l'ordre de Saint-Lazare pour permettre le détachement des chairs. Ces dernières avaient été mélangées aux ossements réduits en poudre puis à de l'huile, pour l'obtention d'une pâte à médaillons. Aussi fascinant que répulsif, pensa Louise. La sonnette de l'entrée coupa court à ses réflexions.

– C'est encore moi.

– Je vois ça.

– J'étais sur le point de monter dans ma voiture, quand je me suis dit : «Retournes-y, Jean-Louis, retournes-y, et dis-lui que le mec est un crétin cosmique… »

– Quel mec ?

– Celui qui t'a rendue dure comme le silex et belle comme le marbre et…

– Tu as abusé des bulles, Jean-Louis. Tu devrais prendre un taxi et rentrer te coucher.

– Je veux dormir ici, je veux me réveiller à tes côtés, je veux tout et même le superflu.

– Au lit, j'ai dit. Mais chacun de son côté.

– Bon, alors dis-moi qui est ce type pour que j'aille lui mettre une beigne. Il ne mérite pas de respirer. C'est un sinistre pithécanthrope, un triste sire, un abruti majuscule…

Louise poussa un gros soupir et referma sa porte.

– UN BUTOR OBTUS, UN ÉPAIS LOUR-DINGUE, UN NIAIS MASSIF…

Béranger poursuivit son numéro pendant un moment. Le voisin du dessous le força à dévaler l'escalier, puis tambourina sur la porte. Louise lui ouvrit avec un sourire délicieux.

– Faudrait vraiment dire à vos comiques de la mettre en veilleuse une bonne fois pour toutes, mademoiselle Morvan. Z'avez-vu l'heure ?

– Ne vous inquiétez pas, monsieur Chenal, je pars à Tokyo, tout va s'arranger.

– Partez plutôt au Groenland, et n'en revenez pas.

– Quand je serai là-bas, je penserai à vous tous les jours.

Chenal haussa les épaules, descendit quelques marches, s'immobilisa, jappa un « au Groenland ! » et reprit son chemin. Louise débrancha son téléphone et alla se coucher.

2

À 5 h 30, vêtue d'un pyjama d'homme, Louise buvait son deuxième café serré accoudée à sa fenêtre.

– Le dragon ne s'est pas envolé pendant la nuit et le champagne m'a laissé une barre de plomb derrière les yeux. Tout est normal.

Béranger débarquait toujours à l'improviste, et armé d'une bouteille de Cristal, un bon choix mais qui dénotait un manque d'imagination. Elle le trouvait de plus en plus inquisiteur. « Dis-moi qui est ce type pour que j'aille lui mettre une beigne. Il ne mérite pas de respirer. » De quoi se mêlait-il ? Mais le mal était fait et son obsession revenait déjà à l'assaut. Elle se revit, dix ans plus tôt, debout devant une fenêtre surplombant un canal. Dans une autre ville, une autre vie. Elle regardait la rivière pour éviter de le regarder, lui, et retarder le moment où il lui demanderait de partir. L'homme qu'elle aimait était vieux ; il avait au moins vingt-trois ans et ne jurait que par le jazz. *My Favorite Things* déployait sa beauté serpentine dans la pièce spartiate. Hormis la chaîne stéréo d'occasion, le lit, les livres en vrac, il n'y avait pas grand-chose dans cet appartement sans salle de bains. Alors, on ne voyait qu'elle. Une statuette des années vingt. Une danseuse gracile. Il lui avait dit : « Fais attention de ne pas la casser, je n'ai pas mangé pendant plusieurs jours pour me la payer. » L'homme qui écoutait Coltrane était raffiné.

Louise ferma le robinet à souvenirs. Les affaires reprenaient, ce n'était pas le moment de s'accorder un coup de nostalgie. Après une séance de gant de crin et une douche très chaude, elle passa en revue sa garde-robe, opta pour un tailleur gris à fines rayures. Elle se fit un chignon strict, ne maquilla que ses yeux et préféra ses lunettes aux lentilles de contact.

Le long du canal Saint-Denis, la brise charriait un léger parfum d'algues ; les cris d'une bande de mouettes énervées renforçaient l'atmosphère maritime. Elle marcha d'un pas vif jusqu'à la station Porte de la Villette. L'haleine rude du métro coupa court à la promenade de santé.

L'altière avenue Bosquet était égayée par une lumière dorée. Louise l'ignora, préoccupée par son entretien imminent ; les beaux quartiers, les milieux feutrés du haut clergé ne faisaient pas partie de son quotidien. Elle pensa à Julian Eden, qui serait arrivé décontracté à ce rendez-vous, prit une grande inspiration et s'approcha de l'immeuble. Elle étudia les noms sous l'interphone, repéra la sonnette marquée ECT. La discrétion enrobait toute cette affaire : Edmond Chevry-Toscan recevait à domicile pour éviter que les frasques de son neveu ne mettent le feu aux esprits et aux soutanes. Elle emprunta un ascenseur-cage qui cliqueta jusqu'au cinquième étage.

– Louise Morvan, de Morvan Investigations.

Le petit personnage fluet sembla esquisser une pirouette.

– Veuillez me suivre, je vous prie. Monseigneur Chevry-Toscan vous attend.

Un silence total tenait compagnie à une légère odeur de cigare. Louise pénétra dans une pièce lambrissée à l'imposante bibliothèque. Un homme se tenait à côté d'un bureau à maroquin. Des cheveux gris coupés en brosse, un visage creux et bronzé, des yeux clairs bordés de rides marquées : sans la chemise au col blanc et raide, et la lourde chaîne en argent supportant un Christ en croix, Edmond Chevry-Toscan aurait eu l'air d'un alpiniste retraité.

– Ravi, mademoiselle Morvan. On m'a dit le plus grand bien de votre agence.

L'ecclésiastique s'obstinait à rester debout, scrutant sa visiteuse d'un œil plus froid que ses paroles

tandis qu'elle attendait, silencieuse, dans une ber-
gère de belle facture.

– Je n'ai jamais eu recours aux services d'un
détective privé, mademoiselle…

Il gardait le visage penché et soucieux.

– Faire suivre mon neveu est une démarche qui, a
priori, ne me semble guère convenable, aussi ai-je
pensé lui envoyer une amie.

Sa voix avait chevroté sur le dernier mot ; Louise
réussit à conserver le faciès d'un contrôleur du fisc
et laissa l'évêque poursuivre.

– Évitons la filature classique. Je souhaiterais que
vous entriez en contact avec lui afin de vérifier s'il a
des ennuis. Vous travaillerez en douceur.

– J'essaierai. Qu'est-ce qui vous fait penser qu'il
a des problèmes ?

– Il m'a demandé un prêt.

– C'était la première fois ?

– La deuxième. Florent va se marier et prétend
vouloir s'acheter un appartement.

– Une forte somme ?

– Dans les cinquante mille euros.

– Vous avez accepté ?

– Non. Cette histoire est un prétexte. Mon neveu
travaille dans une agence immobilière, et n'a pas
besoin de moi pour devenir propriétaire dans les
meilleures conditions. Il ne m'a jamais donné aussi
peu d'informations.

– Un chantage ?

– C'est à envisager.

– Qui pourrait avoir prise sur lui ?

– Aucune idée.

25

– Vous connaissez sa future femme ?

– Oui, Jun Yoshida est étudiante dans une école de tourisme. C'est une jeune fille sans histoire. Elle vit chez sa mère, et a perdu son père récemment.

– Les ambassades et consulats ont leur service de police. Vous n'avez pas envisagé de les utiliser ?

– Michael Murat, un des officiers de l'équipe de sécurité, a accepté d'enquêter. Et m'a rappelé pour me dire qu'il abandonnait.

– Pour quelle raison ?

– Florent lui a fait comprendre qu'il n'appréciait pas ses questions. C'est aussi bien.

L'évêque marqua un temps d'arrêt. Louise le laissa trouver les mots.

– La réputation de ma famille est en jeu. Je pense qu'il faut agir avec beaucoup de discrétion. À vingt-quatre ans, Florent est resté immature. Il est capable de coups de tête imprévisibles.

– Blaise Seguin m'a parlé du décès de son père...

– Mon frère est mort il y a deux ans. Quelques mois plus tard, Florent quittait la France. Rien ne prouve que ce soit lié. Mon neveu n'a jamais réussi à intégrer les grandes écoles. Je pense qu'il essaie de se construire une vie à Tokyo, mais que ça ne marche pas comme prévu.

– Quand l'avez-vous vu pour la dernière fois ?

Sur cette question anodine, Louise sentit un frémissement. Il lui sembla que le regard de son client potentiel avait refroidi de quelques degrés. Elle pensa même qu'il venait de changer d'avis et comptait la congédier pour engager un vieux bris-card.

– Le mois dernier, soupira-t-il. Quand il est venu en France présenter sa fiancée à la famille.

– Comment l'avez-vous trouvé ?

– Froid, répliqua l'évêque en regardant sa montre. Mais ça n'avait rien d'anormal puisque j'avais refusé de l'aider. Bien. Je vais vous prier de régler les détails financiers avec mon secrétaire, l'abbé Courrère, que vous avez rencontré. Mon temps est malheureusement compté, on m'attend à l'évêché.

Il ne lui demanda ni ses références ni le montant de ses honoraires, ne lui offrit pas de poignée de main, sonna son secrétaire et attendit son arrivée en gardant la tête penchée et le front pensif. Louise se laissa raccompagner par le gracieux abbé Courrère.

Ses lunettes commençaient à irriter l'arête de son nez, elle les glissa dans son sac, libéra ses cheveux, tâta le chèque qu'on venait de lui remettre et se dit qu'elle tenait là le plus beau coup de sa carrière. Julian Eden aurait aimé.

– Oui, d'accord, mais pourquoi moi parmi tous les privés de Paris ? murmura-t-elle en marchant vers le métro.

3

En descendant sa valise dans l'escalier, Louise fit un arrêt chez son vieux voisin.

– C'EST POUR QUOI ? aboya Chenal.

Elle lui tendit le bouquet de roses que Béranger avait fait livrer dans la matinée.

– Elles risquent de prendre froid au Groenland.

– Bon débarras, marmonna Chenal en essayant de masquer sa surprise et quelques émotions plus complexes.

Il lui arracha le bouquet des mains et referma sa porte. Louise alla prendre son taxi. Quand le break passa devant le *Clairon des Copains*, elle se tordit le cou pour voir l'intérieur du bistrot, crut apercevoir Blaise Seguin debout au comptoir, en conversation avec Robert et pépé Maurice.

L'avion avait une heure de retard. Dans la salle d'embarquement, Louise déploya une carte de Tokyo, essaya de localiser le sanctuaire shinto où elle devait loger, le Togo Jinja dans le quartier de Harajuku ; un exercice difficile dans une ville où seules les grandes avenues portaient un nom, et où la numérotation urbaine fonctionnait par cercles concentriques, à défaut de progression arithmétique. L'abbé Courrère avait pris mille précautions pour lui apprendre que son patron ne l'installerait pas à l'hôtel et utilisait ses relations œcuméniques pour lui dénicher un abri économique.

Les passagers embarquèrent vers minuit. Louise avait une faim de loup et apprécia le plateau-repas. L'hôtesse lui proposa du champagne, elle refusa avec stoïcisme. Elle zappa de film en film, ralentit sur une comédie britannique ; l'acteur qui jouait le rôle d'un don juan ressemblait vaguement à Julian Eden, du moins aux photos de sa jeunesse dénichées dans les cartons de Kathleen. Ce même air désinvolte, cette diction distinguée sans être précieuse. Elle se souvenait parfaitement de la voix de son oncle. Enfant, elle lui faisait lire et relire son conte préféré, *La Petite Sirène*. L'histoire d'une fille qui acceptait de se faire fendre la queue et trancher la langue pour gagner l'amour de son prince, et accessoirement une âme éternelle. Évidemment l'amour tombait à l'eau, et la petite femme-poisson et ses illusions finissaient dans un bouillon d'écume amère.

Elle se rendait compte à présent qu'un psychanalyste ferait son beurre d'une histoire aussi chargée en symboles, mais elle n'avait pas envie de les décrypter. Les trains, les avions, les bateaux étaient des endroits redoutables. Ils vous emportaient dans l'espace et incitaient votre corps momentanément prisonnier à se souvenir, à déplier des émotions jusque-là bien rangées ; la nostalgie n'était jamais aussi effrayante que dans le mouvement des transports. Louise éteignit son écran, s'emballa dans une couverture et essaya de dormir.

Elle se réveilla le corps endolori, l'esprit encore chaviré par un rêve confus, mais qu'elle savait intéressant. Surnageait une scène étrange. Une sirène dont la chevelure pâle cachait le visage s'agrippait à la coque d'une caravelle, dans une mer jaune. Elle appelait, mais sa voix n'intéressait personne ; le prince avait mis les voiles, au sens figuré, et la caravelle était désertée. Au-dessus de ce vaisseau fantôme se déployait un ciel verdâtre et bombé. La sirène continuait d'appeler et d'appeler. L'innocente ne se rendait pas compte qu'elle était emprisonnée avec le bateau dans une bouteille de champagne à moitié vide. Même si ce rêve n'a pas de signification particulière, un changement de décor me fera le plus grand bien, admit Louise. Elle avait déjà freiné sur le champagne, elle comptait agir de même avec la nostalgie, qu'elle soit amoureuse ou familiale.

L'écran principal indiquait que l'Airbus volait depuis sept heures et qu'il en restait cinq à tuer. Elle avait lu l'intégralité de sa documentation sur Tokyo, appris par cœur les formules de politesse japonaises de base, et se sentait trop fatiguée pour apprécier *Kafka sur le rivage*, le roman de Haruki Murakami acheté à l'aéroport. Elle ralluma la vidéo, chercha un programme dénué de romantisme. Un film japonais sous-titré en anglais racontait la vie d'une fille normale, entraînée dans une spirale infernale. Elle avait tué un premier agresseur, puis un autre, et ne trouvait pas d'autre solution que de cacher leurs cadavres dans des congélateurs achetés au fur et à mesure de ses besoins. Elle perdait lentement la tête, et on sentait que son fiancé frôlait le mauvais karma en cherchant des glaçons pour son whisky Centaury. Louise regarda *Freezer* jusqu'au bout.

*

Elle ajusta sa montre au changement horaire. La première image du Japon fut décevante, celle d'une toile noire mouchetée de lucioles grossissantes alors que l'avion entamait sa descente. Elle s'était attendue à une vue irrésistible sur une mégalopole flamboyante, et ignorait que l'aéroport de Narita se trouvait loin de Tokyo. L'Airbus atterrit sur une piste luisante de pluie.

Moins d'une heure fut nécessaire pour passer le contrôle des passeports et la douane. Louise s'égara un moment dans le hall d'arrivée. La guichetière du Narita Express lui conseilla de descendre à la gare de Shinjuku puis de prendre un taxi ; elle lui tendit un ticket envahi de signes aussi délicats que mystérieux.

Les trains se succédaient à vive allure, déchargeant des voyageurs qui submergeaient le quai en quelques secondes et l'abandonnaient aussi vite. Louise faillit monter à bord d'un express en partance pour l'inconnu, avant d'être secourue par un employé qui la mit dans la direction de Tokyo-centre. Le train roula longtemps dans un invisible paysage nocturne avant qu'il ne soit bouleversé par les lumières d'une conurbation de plus en plus compacte.

Louise débarqua dans une gare surpeuplée, bardée d'une infinité d'écriteaux indéchiffrables, joua des coudes pour trouver la station de taxis. Elle patienta sous un auvent cravaché par la pluie. Une Toyota noire s'avança, sa portière arrière s'ouvrit automatiquement. Les mots magiques « Harajuku » et « Togo Jinja » firent leur office ; le chauffeur démarra en donnant l'impression de savoir où il allait. Les premières enseignes lumineuses de Shinjuku s'étirèrent avec les hachures de l'averse, et le taxi plongea dans une mer électrique. Louise se sentit d'emblée subjuguée par la nuit tokyoïte et ses néons vibrants.

*

Le chauffeur sortit sa valise du coffre sans lâcher son parapluie. Il lui désigna une côte étroite et sombre qui partait de l'avenue où il venait de la déposer. Il lui fit cadeau d'un sac en plastique, lui suggéra de s'en servir comme couvre-chef, et la salua bien bas avant de l'abandonner dans la tiédeur de la pluie.

Louise se couvrit docilement la tête et s'enfonça dans l'allée. Elle distingua bientôt un parking éclairé par des lampadaires poussifs, traversa un petit pont au dos rond surplombant un étang, croisa un cycliste qui roulait sur le trottoir sans feux de signalement, en tenant son guidon d'une main, l'autre étant réquisitionnée par un parapluie. Le Togo Jinja était encastré dans l'ombre puissante d'arbres colosses, aux cimes trop hautes pour être domestiquées. Louise avait l'impression d'être passée, en l'espace d'un soupir, d'une cité futuriste à une campagne d'antan.

Des roulements de tambour provenaient d'un des bâtiments. Le porche de bois était grand ouvert sur une cour éclairée par des lanternes. Louise fut accueillie par une jeune femme vêtue d'une énorme jupe-culotte orange et d'une veste blanche croisée sur sa poitrine dans une diagonale parfaite, qui se lança dans une déclaration mélodieuse d'où émergea le nom de Chevry-Toscan. Louise comprit que son interlocutrice se nommait Yamamoto. Elle lui offrit une boîte de chocolats français, se laissa mener dans une pièce dotée d'une maigre lucarne et fermée par une cloison coulissante. Un futon plié sur les tatamis tenait compagnie à un parapluie en plastique blanc et un vêtement de toile bleue. L'hôtesse expliqua qu'il s'agissait d'un *yukata*.

Elle lui fit traverser la cour silencieuse depuis que les roulements de tambour avaient cessé, lui montra une salle de bains à l'intéressante odeur d'humus, expliqua son utilisation à grand renfort de phrases roucoulantes qui mêlaient anglais et japonais. Louise comprit qu'il fallait se savonner et se rincer avant de faire trempette dans un énorme baquet fumant. La jeune femme lui remit la clé de sa chambre et s'en alla après un nouveau chapelet de formules aussi chantantes qu'incompréhensibles.

Louise déballa ses affaires, puis décida d'aller se sustenter dans le quartier. En fermant sa chambre, elle constata que la serrure n'était guère résistante. Bien à l'abri sous son parapluie, elle s'enfonça dans les ruelles bordant le sanctuaire. Elle trouva un petit restaurant niché dans un sous-sol sans fenêtre, s'inspira de l'assiette d'un client et dégusta un porc sauté au gingembre très réussi.

De retour au Togo Jinja, elle utilisa la salle de bains et infusa un long moment dans le baquet qui fleurait bon le cèdre ancestral. Elle faillit s'y endormir, et se traîna dans un état comateux jusqu'à sa cellule monacale. Elle fut réveillée par des croassements de corbeaux, puis par une nouvelle averse, un peu plus tard par une bagarre de chats, et encore plus tard et à plusieurs reprises par une attaque de moustiques lilliputiens mais déterminés, et replongea à chaque fois dans un sommeil cotonneux. S'il était habité par des sirènes idiotes au point de ne pas se rendre compte qu'elles nageaient dans une bouteille, Louise ne s'en souviendrait pas au réveil.

4

Au matin, elle découvrit les bâtiments de bois sombre du sanctuaire, les graviers gris fraîchement balayés, un paysage zébré par une pluie fine et si murmurante qu'elle ne s'était pas laissé deviner. Elle attrapa le parapluie, enfila ses chaussures et sortit.

On entendait le vrombissement d'un aspirateur. Deux hommes vêtus du même costume pimpant que celui de la jeune fille de la veille faisaient le ménage dans un pavillon ; l'un d'eux maniait le plumeau avec une sobre dextérité. Ils la saluèrent avec force courbettes et sourires.

Louise retrouva l'avenue où l'avait déposée le chauffeur de taxi. Elle consulta son plan, chercha un passant capable de lui indiquer le métro le plus proche, effraya de nombreuses personnes, en amusa d'autres, renonça et héla un taxi pour se faire conduire au consulat de France. « La réputation de ma famille est en jeu. » Elle entendait encore l'évêque lui demandant d'agir avec discrétion. Mais après avoir longtemps pesé le pour et le contre, elle avait décidé de se mettre en contact avec l'officier de l'équipe de sécurité. Après tout, les ennuis de la famille Chevry-Toscan n'étaient plus un secret pour Michael Murat.

*

– Vous voulez le fond de ma pensée ?

Certainement, pensait Louise en étudiant le visage buriné de Michael Murat. Son crâne était mieux rasé que sa barbe, ses yeux verts et vifs, son nez amoché et sa bouche pneumatique. Sa chemise à manches courtes moulait une musculature intéressante.

– Ce môme se croit plus malin qu'il ne l'est, reprit-il. À mon avis, il a des pépins mais veut s'en sortir comme un grand. On ne peut rien faire pour quelqu'un qui refuse votre aide. Il m'a balancé à la figure que je n'avais aucune compétence territoriale en dehors de l'ambassade. C'est une réalité, mais il aurait pu rester poli.

Louise était ravie de la tournure que prenait la discussion. La franchise de Murat était fort plaisante.

– Des pépins avec la pègre locale ? demanda-t-elle.

– En général, les yakuzas gardent leurs distances avec les *gaijin*, les étrangers. Mais ils n'apprécient guère qu'on leur pique leurs petites amies.

– La fiancée de Florent fréquente les yakuzas ?

– Jun Yoshida m'a semblé une fille normale. Mais on ne sait jamais.

– Normale, c'est-à-dire ?

– Elle est étudiante, vit avec sa mère, qui est veuve et ne roule pas sur l'or. Elle paie ses études en faisant l'hôtesse pour des foires commerciales. Vous pourrez la trouver bientôt sur le stand Silver Moon, au Tokyo Game Show, à Chiba, dans la banlieue est. C'est une expo sur les jeux électroniques.

Louise expliqua qu'elle ne parlait pas un traître mot de japonais et qu'il lui fallait un interprète. Murat réfléchit un moment et lui proposa de rencontrer une jeune Française.

– Ève Steiner travaille dans le *mizu shobai*, le « commerce de l'eau », disent poétiquement les Japonais pour parler des hôtesses de bar.

– En France, nous dirions la « limonade ».

– Personne ne connaît l'origine de l'expression. Moi, je mettrais ça sur le compte des volcans.

Murat s'interrompit, attendant que Louise le regarde d'un œil intrigué.

– Les sources naturelles sont légion, ici, reprit-il. Ce qui a provoqué, il y a de ça des siècles, une prolifération des établissements de bains mêlant sans complexe les plaisirs de l'eau chaude et ceux du sexe.

– Vraiment ?

– Vraiment.

– Et vous me proposez les services d'une prostituée.

– Ce n'est pas comme ça que ça marche. Les filles couchent si elles en ont envie. Ce qu'on leur demande, c'est de savoir tenir une conversation, et d'être jolies.

– Vous la connaissez bien ?

Elle le vit hésiter, faire la grimace.

– C'était juste une question comme ça…

– Vous êtes rapide, Louise, mais ça ne me déplaît pas. Disons que je l'ai bien connue. Je l'ai justement rencontrée au *Climax*.

– Et ce lieu idyllique se trouve…

– Dans le quartier de Shibuya, où vit Ève.

– O.K. Je prends.

Murat nota le téléphone de la jeune femme au dos d'une de ses cartes de visite.

– Vous pouvez me donner le vôtre ?

Il avait gardé un visage neutre et professionnel. Louise aussi.

– Malheureusement, le seul téléphone dont je dispose est dans le bureau d'un prêtre shinto.

– Original.

– Mon client me fait loger dans un temple.

– Lequel ?

– Le Togo Jinja.

– Si vous aviez un numéro de téléphone, vous me le donneriez ?

– En fait, oui.

Ils descendirent la rue bordant le consulat serrés sous le parapluie de Louise, firent quelques pas sur une avenue bruyante et entrèrent dans une boutique de téléphonie. Le japonais de Michael Murat fit des miracles et Louise se retrouva pourvue d'un téléphone cellulaire pour une somme modique. Il était doté d'une connexion Internet, d'un appareil photo et d'une caméra. Murat lui fit une démonstration en se photographiant.

– Pour égayer votre cellule de nonne.

Ils se quittèrent sur un sourire complice. Elle avait toujours eu un faible pour les laids à sex-appeal. Elle partit en direction de la station de métro Hiro, ralentit, se retourna, le vit arrêté au croisement. Appréciait-il sa silhouette ou vérifiait-il qu'elle prenait la bonne direction ? Elle lui fit un signe de la main, il y répondit d'un geste bref et remonta la rue du consulat.

5

À première vue, le réseau des transports tokyoïtes évoquait une toile d'araignée sous amphétamines, mais Louise commençait à s'y faire. Toutes les directions étaient transcrites en caractères romains, et les correspondances demandaient plus de jarret que de cervelle. Bien sûr, elle s'était égarée plusieurs fois, à la recherche d'une petite robe noire pour son rendez-vous avec Ève Steiner notamment, l'hôtesse du *Climax* lui ayant recommandé de soigner sa tenue pour ne pas rebuter ses clients, mais il lui semblait qu'elle faisait des progrès. Elle emprunta la Yamanote, une ligne ferroviaire qui faisait le tour de Tokyo-centre dans les deux sens, et descendit à la station Shibuya.

À 22 heures passées, la gare semblait prête à se fissurer sous l'affluence, en majorité des jeunes gens ayant consacré du temps à leur style ; Louise n'avait jamais vu au mètre carré autant de minijupes, de fausses blondes au bronzage UV, de jeans artistiquement troués et de coiffures ébouriffées au gel. Elle déboucha dans l'étoile d'un carrefour bordé par des immeubles hétéroclites. La foule attendait sagement aux feux, en rangs serrés. Des écrans géants diffusaient des vidéos musicales et des spots publicitaires dans une bruyante cacophonie ; les enseignes clignotaient en tous sens, noyant Louise dans la densité de leurs signes cabalistiques. Elle n'était pas sûre d'avoir bien saisi les instructions d'Ève Steiner au téléphone, et craignait d'errer sans fin dans les rues grouillantes, à la chaleur d'étuve. Le feu passa au vert, et Louise se sentit propulsée vers la chaussée, puis partie prenante d'une vague humaine qui déferla sur le carrefour et le noya.

Un Australien compatissant l'aida à localiser le *Climax* dans les sous-sols d'un building équipé d'un crabe géant qui gigotait lentement des pattes ; une flèche scintillante partait de sa carapace rouge pour pointer le restaurant de sushis en rez-de-chaussée. Louise étudia son reflet dans la vitrine.

La robe remplissait son office, mais elle ne se mariait guère avec les mocassins à talons plats, un pis-aller faute d'avoir trouvé des chaussures du soir à sa taille. Elle emprunta un escalier métallique orange à la rambarde en forme de vagues émeraude, glissa son parapluie dans un portant, déboucha dans un rectangle en béton brut qui semblait s'étirer par magie au-delà du périmètre de l'immeuble et était égayé par de volumineuses sphères lumineuses tournant comme de lentes planètes.

Dans la vie, il y a qu' des cactus / Moi, je me pique de le savoir...

Dutronc 66, une bonne cuvée, se dit-elle en avançant vers le bar. Elle demanda où trouver Ève Steiner ; le serveur désigna une jolie blonde, assise au milieu d'un groupe d'hommes.

– Louise ? Tu n'as pas eu de mal à me trouver, finalement. Bravo.

La voix et le sourire étaient chaleureux ; les courtes boucles encadraient un visage triangulaire, seule la bouche était maquillée, mais c'était suffisant pour faire de l'effet. Moulée dans une robe feu, la poitrine généreuse d'Ève Steiner était d'un blanc laiteux.

Elle fit signe à Louise de s'asseoir à ses côtés, forçant ses compagnons à se serrer. Ils étaient trois, un petit gros hirsute, un type hébété au visage chevalin, un beau gosse à l'air peu aimable ; aucun d'eux n'avait atteint la trentaine, et les deux premiers semblaient éméchés. Petit Gros était en verve.

Il racontait une histoire à rallonge qui distrayait énormément Ève.

– Watanabe-san me confie ses problèmes avec son patron, expliqua la jeune femme. Ça le soulage, et moi ça me fait rigoler.

Chevalin se désintéressait de la conversation. Louise suivit son regard et comprit pourquoi elle avait cru le *Climax* si profond. Le mur du fond était occupé par un aquarium où nageaient trois filles torse nu, à la queue de sirène très réussie. Son rêve dans l'avion lui revint comme un boome-rang ; elle se secoua, son esprit cartésien refusant le concept de prémonition. Ève désigna Beau Gosse et son air peu amène.

– Je te présente Ken Fujimori, dit-elle en anglais. Il est comédien.

Il la salua d'un hochement de tête, et ne fit aucun effort de conversation tandis qu'Ève reprenait son dialogue avec Watanabe. Dutronc eut le temps de terminer sa chanson, Juliette Gréco prit le relais.

T'es tout' nue / Sous ton pull / Y a la rue / Qu'est maboul'/ Jolie môme…

– La loquacité de votre ami m'impressionne, glissa Louise à Ken Fujimori. C'est un contraste intéressant avec vous.

– Nous le sortons pour amuser les *gaijin*. Le Japo-nais typique, c'est moi. Silencieux et impénétrable.

– Les *gaijin* aiment bien les clichés. Celui de l'exquise courtoisie nippone, par exemple.

Il encaissa le coup. Ses yeux rétrécirent jusqu'à n'être plus que deux fentes sombres. Foutu, délicieux, sale caractère, pronostiqua Louise. En plus, il a vraiment oublié d'être moche.

– Vous êtes une amie d'Ève ?

Le ton était plus inquisiteur qu'urbain.

– Difficile de ne pas l'être, non ?

Ève ignorait leur échange et renvoyait la réplique à Watanabe, entre deux bouffées de cigarette un rien affectées. Chevalin avait délaissé les sirènes et s'était endormi, bouche ouverte, une main oubliée sur la cuisse d'Ève. Ken Fujimori se pencha pour la remettre tranquillement à sa place. Watanabe proposa une nouvelle tournée et fila vers le bar. Ève en profita pour s'adresser à Louise.

– Alors comme ça, tu cherches quelqu'un pour t'assister dans tes filatures, traduire les interrogatoires. Ça a l'air excitant.

– Cinq mille yens de l'heure, ça te paraît correct ?

– Honnête, sans plus. Je marche.

T'es qu'un brin / De soleil / Dans l' chagrin / Du réveil / T'es qu'un' vamp / Qu'on éteint / Comm'un' lampe / Au matin / Jolie môme…

– Francophile, ton patron, remarqua Louise.

– Akira m'a à la bonne. Je suis sa conseillère musicale. Bientôt, tu vas entendre Édith Piaf. Ça me rappelle le pays…

– Dans le genre franche modernité, on fait mieux…

– Je n'aime que les vieux trucs. J'écris des chansons quand j'ai le temps. Eh bien, crois-moi, c'est difficile. Toutes ces vieilles rengaines n'ont l'air de rien mais elles sont taillées comme des diamants.

Ken n'avait plus de cigarettes. Louise lui tendit son paquet de blondes, remarquant au passage ses longues mains fines.

– Je vous vois bien en jeune premier fatal.

Ève se pencha vers le jeune homme et posa sa main sur son épaule. Il ne bougea pas d'un cil.

– Tu n'y es pas du tout. Ken est comédien de *rakugo*. Il est seul sur scène, en kimono traditionnel. Il tchatche sans arrêter. Et fait pisser de rire le public.

– Je n'aurais jamais deviné.

– Mais il n'est pas seulement *rakugoka*, il fait de la pub aussi, et les gens commencent à le reconnaître dans la rue. Hein, Ken ?

Ève semblait à peu près aussi imbibée que Watanabe à présent. Difficile de savoir ce que Ken Fujimori pensait de ce déballage derrière son masque de guerrier sioux.

– La meilleure, c'est celle pour le café Mio Amore, continua Ève en s'esclaffant. Ken en smoking et chaussons en forme de canard en peluche, affalé dans une baignoire. Il sirote son jus de chaussette comme si c'était le meilleur kawa du monde. C'est génial.

– J'aime bien le détail des chaussons canard, ça doit vous aller à ravir, commenta Louise.

– C'est moins sobre que vos escarpins à talons plats, répliqua-t-il en souriant pour la première fois.

T'es qu'un' pauv'/ Petit' fleur / Qu'on guimauv'/ Et qui meurt / T'es qu'un' femme / À r'passer / Quand son âme / Est froissée / Jolie môme...

*

Son parapluie avait disparu du portant. Louise remonta l'escalier en maugréant et se trouva bloquée par un épais rideau de pluie. Un vent énervé s'était levé, rabattant des rafales humides vers l'auvent du *Climax*. Les taxis défilaient mais ils étaient tous occupés. Elle commença à grelotter, la température avait baissé, la fatigue du décalage horaire lui mordait les épaules. Elle sentit une présence à ses côtés. Ken et son air impénétrable. Il ouvrit un parapluie en plastique transparent rose fluo et lui demanda si elle souhaitait qu'il la raccompagne.

– Et Ève, vous ne la raccompagnez pas ?

– Elle doit rester jusqu'à la fermeture, et je suis fatigué. Décidez-vous. Dans deux secondes, je disparais. Avec mon parapluie.

– On m'a piqué le mien.

– C'est normal.

– Ah bon ?

– Il n'y a que deux choses que les gens volent ici. Les vélos et les parapluies. C'est pour cette raison que j'ai choisi cette atroce couleur. Personne n'aura envie de me le prendre.

Ils marchèrent jusqu'à un étroit bâtiment. Ken tendit un ticket à un guichetier qui tapota un clavier mettant en branle un ascenseur à voitures ; elles étaient empilées à la verticale dans des cages d'acier. Louise se demanda si Ken roulait dans une voiture de play-boy, mais c'est une banale Nissan grise qui descendit du plafond. Il mit le contact et une musique étrange emplit l'habitacle, un rythme rock épousant des sonorités asiatiques. Il expliqua qu'il s'agissait de *shamisen* électrique et monta le volume pour dominer le fracas de l'averse sur la carrosserie.

– Cette musique est parfaite pour la pluie, et pour Tokyo, dit-elle.

– Pourquoi ?

– Ce mélange de modernité et de tradition…

Il lui adressa un regard furtif, attendit le prochain feu avant de reprendre la parole.

– Je vous préfère quand vous exprimez vos émotions plutôt que quand vous jouez à l'amazone.

Ils roulèrent dans un silence désormais confortable jusqu'à leur arrivée sur le parking du Togo Jinja.

– Vous logez dans un sanctuaire ?

– Ça m'en a tout l'air.

– Drôle d'idée…

– Ça a son charme. Je m'endors avec les cigales, et me réveille avec les corbeaux.

Il l'étudia une nouvelle fois d'un air perplexe, puis quitta la voiture pour l'aider à sortir. Elle s'abrita sous son grotesque parapluie ; ils marchèrent contre le vent devenu mauvais.

– Cette fichue pluie ne s'arrêtera jamais…

– Je croyais que vous aimiez ça.

– Ça vire au déluge.

– Eh oui, c'est un typhon. Pas un petit crachin.

Il la força à s'arrêter. Sa voix était devenue rauque :

– J'ai l'impression que vous avez un visiteur.

Adossé au porche du sanctuaire et protégé par un grand parapluie noir, Michael Murat attendait. Ken abandonna le sien entre les mains de Louise, lui souhaita bonne nuit et courut jusqu'à sa voiture. La Nissan fit demi-tour sans qu'elle puisse apercevoir son visage derrière le pare-brise inondé.

– Vous vous êtes déjà fait des amis ? demanda Murat.

– Pas vraiment. C'est Ken Fujimori, le petit ami d'Ève.

– Le *rakugoka*. Il m'avait bien semblé le reconnaître. Il passe à la télé dans une pub pour un café italien.

– Il paraît.

– Vous avez dîné ?

– J'ai grignoté des cochonneries, et bu un mauvais whisky. Ça m'a coupé l'appétit.

– Dommage, j'avais projeté de vous inviter.

Elle hésita. Puis décida qu'elle se trouvait à des milliers de kilomètres de la France, de l'évêque et de la réputation de la dynastie Chevry-Toscan.

– Moi aussi, répondit-elle. Mais à prendre un bain.

Il écarquilla les yeux.

– Depuis notre rencontre, je nous imagine dans un grand baquet d'eau fumante recréant les mystères du commerce de l'eau. C'est de ta faute, Michael. Tu m'as tourné la tête avec tes histoires volcaniques.

Il faillit répondre, et se ravisa.

– Ça ne te tente pas ?

– Non seulement ça me tente, mais en plus ça m'émeut, dit-il en la prenant par la taille.

On avait toujours raison de s'intéresser aux gros costauds à tête de brute, pensa Louise en le laissant chercher ses lèvres. Ils cachaient des trésors sous leur carapace.

6

Des croassements la tirèrent d'un sommeil fragmenté. Le réveil indiquait 6 h 15. Elle fit coulisser la cloison, s'arrêta un instant sur le seuil, goûta l'acidité blanche du soleil matinal. Le typhon avait lavé le ciel, il était d'un bleu pur, dépourvu de nuages. Trois corbeaux gras comme des dindons se disputaient le contenu de sacs-poubelle. Un quatrième congénère arriva en piqué, toutes ailes déployées. Après un temps d'hésitation, il fondit sur une proie et trancha le ventre de plastique, l'œil furibond ; son bec avait la taille d'un coutelas de pirate.

Un employé du sanctuaire accourut, armé quant à lui d'un balai fort rustique. Beau comme saint Georges terrassant le dragon, pensa Louise avant de bifurquer vers la salle de bains. Je suis tombée amoureuse de ce baquet, se dit-elle en enlevant son *yukata*. Elle s'accroupit pour se savonner, se rinça à l'eau froide avant de pénétrer dans l'eau très chaude. Une fois de plus, son corps se détendit, muscle par muscle, alors que les images de sa soirée avec Murat lui revenaient délicieusement en mémoire. Il l'avait quittée avant minuit. Elle supposait qu'il était marié mais s'était bien gardée de le questionner. Elle éprouvait une légère culpabilité mais elle n'était pas en rapport avec l'état civil de son partenaire. Louise savait pertinemment qu'elle avait commis une faute professionnelle en mêlant enquête et vie privée.

– J'ai reçu une éducation catholique, dit-elle à son baquet avant de le quitter avec regret. Eh bien ! tu me croiras si tu veux, mais la culpabilité augmente le plaisir.

Le Togo Jinja était situé non loin de France Japan Realty, pour laquelle travaillait le neveu de l'évêque. La veille, Louise avait pris rendez-vous avec Florent Chevry-Toscan en prétextant être à la recherche d'un appartement pour sa famille récemment mutée à Tokyo. Elle consulta son plan, se dirigea vers la gare de Harajuku et trouva immédiatement l'agence. Elle avait prévu de se perdre et compté large ; elle avait trente minutes d'avance.

Louise longea la voie ferrée jusqu'à l'entrée d'un parc. Elle s'immobilisa un instant, hésitante, sentant une présence. Une silhouette se fondit dans la foule qui marchait vers une bouche de métro. Avait-elle aperçu Murat ? Elle haussa les épaules. Pourquoi la suivrait-il ? Ça n'avait pas de sens. Elle franchit les grilles du parc, s'engagea dans une allée, repéra une cahute en plastique bleu, puis une autre, et constata que la pelouse était colonisée par des sans-abri. Un homme balayait devant sa tente, ses chaussures rangées à côté de l'entrée, un autre se préparait un repas sur un réchaud, un troisième lisait le journal assis en tailleur sur une rabane. Elle déambula un moment sous les croassements des corbeaux, finit par juger le parc lugubre malgré le beau temps et décida d'arriver en avance à son rendez-vous.

France Japan Realty était installée au deuxième étage d'un petit immeuble coincé entre un magasin de vêtements pour chiens et un coiffeur pour dames. Elle s'intéressa quelques secondes à la vitrine de *Doggy Paradise*, et découvrit une garde-robe canine baroque, des colliers et laisses bordés de pierreries, des niches de luxe, des produits de beauté…

– Les hommes vivent comme des chiens, et les chiens pètent dans la soie, déclara-t-elle à un poteau télégraphique.

Le jeune homme qui y était adossé pour fumer une cigarette la regarda d'un œil inquiet, avant de se dissoudre dans la foule. Je faiblis, pensa-t-elle en poussant la porte de l'agence immobilière, c'est bien la première fois que je fais fuir un spécimen du sexe opposé.

Florent Chevry-Toscan était un grand blond doté d'un bouc effilé qui lui donnait l'allure d'un faune pacifique. Quand son sourire s'estompa, elle crut reconnaître les traits de l'évêque. Mais la bouche du jeune homme, aux commissures légèrement tombantes, était plus charnue. Sa poignée de main était décidée, son attitude concentrée et directe. Louise se retrouva rapidement à ses côtés dans une voiture équipée d'un GPS. Elle le regarda pianoter avec aisance et entrer des signes illisibles sur l'écran. Bientôt une carte routière se dessina, et une voix de femme au timbre enfantin indiqua le parcours.

– J'ai cru apercevoir une connaissance. Michael Murat. Il cherche un appartement lui aussi ? Je le croyais installé à Tokyo depuis des années…

– Une histoire de divorce. Mon patron lui fait visiter des studios, je crois.

Louise l'écouta lui vanter les mérites de l'appartement qu'il comptait lui montrer à Odaiba, dans les territoires gagnés sur la mer. Le plan du GPS céda la place à une image méticuleuse, un paysage identique à celui dans lequel ils roulaient, abstraction faite de la flèche indiquant le prochain virage.

– Comment s'appelle ce parc ? Je m'y suis promenée avant notre rendez-vous.

– Yoyogi.

– Un nom rigolo pour un endroit sinistre. Les SDF y vivent à l'année ?

– La mairie les rassemble dans les parcs publics. Ce sont en général des ouvriers du bâtiment qui ne trouvent plus de travail. Ou bien des hommes que leurs femmes ont jetés dehors.

– Sans blague ?

– Au Japon, les femmes tiennent les cordons de la bourse. Rien de plus facile que de disparaître dans la nature en ayant emporté les économies du ménage. Certaines épouses se rendent compte qu'elles n'ont plus envie de partager la vie de leur mari une fois celui-ci à la retraite.

– Comment survivent-ils ? En mendiant ?

– Ici, il n'y a que les moines qui mendient. Les SDF recyclent les canettes de boisson. Ou vendent des journaux.

Ils empruntèrent une étroite voie express surélevée. Louise eut l'impression que la voiture s'engageait dans le maillage d'un jeu vidéo, rasant les structures de béton et le kaléidoscope des façades de verre qui se reflétaient les unes dans les autres. Elle se glissa dans son personnage d'expatriée en répondant aux questions anodines de Chevry-Toscan jusqu'à ce qu'ils empruntent un pont blanc qui surplombait la baie, ses îlots touffus, son bras de mer argenté sillonné de ferries et de bateaux de commerce. La ligne brisée des gratte-ciel grossissait à l'horizon ; le neveu de l'évêque lui désigna celui où il comptait l'emmener.

*

– Alors ? demanda Florent Chevry-Toscan.

– Stupéfiant, admit Louise.

Depuis le quarante-troisième étage, la vue sur Tokyo et le Pacifique donnait envie d'être la femme qu'elle prétendait être, mais les baies vitrées descendaient jusqu'au sol et, lorsqu'elle s'en approcha, le vertige lui chatouilla le plexus.

– En cas de tremblement de terre, on sort les parachutes ? demanda-t-elle en reculant.

– Aucune crainte. Les techniques de construction sont très au point. Ce genre d'immeuble ploie mais ne rompt pas.

Louise préféra ne pas imaginer les effets d'un séisme sur un gigantesque roseau de béton et se lança dans une série de questions prosaïques. Ils parlèrent lave-linge, lave-vaisselle, climatisation, sauna et entretien du parquet.

– Il y a même une supérette et un club de fitness au rez-de-chaussée. Vous pouvez faire vos courses dans un centre commercial qui reconstitue une ville européenne du XVIIIe siècle.

– On y croise des marquises et des philosophes ?

Chevry-Toscan fut interrompu par la sonnerie de son portable. Louise l'entendit s'entretenir en japonais avec un certain Boss Gonzo. L'homme au divertissant patronyme devait posséder une voix de stentor car Louise percevait ses inflexions depuis l'autre bout du salon. Chevry-Toscan lui répondait avec calme mais prenait sur lui. Il raccrocha, et se tourna vers Louise et son air interrogatif.

– Certains clients sont d'une exigence terrible, dit-il avec un rire nerveux. Que pensez-vous de l'appartement ?

– Magnifique, mais j'ai décidément le vertige.

– Je vous emmène visiter une maison de deux étages à peine. Dans un quartier tranquille.

Ils reprirent la direction du centre de Tokyo et pénétrèrent dans un quartier résidentiel. Chevry-Toscan déposa Louise devant une maison en briques rouges qui essayait de ressembler à un cottage anglais, et partit en quête d'une place de parking. Elle en profita pour appeler Ève Steiner.

– Il n'y a guère qu'un yakuza pour s'offrir un blaze pareil, lâcha Ève. Je vais me renseigner auprès d'Akira.

– Ton patron ?

– Oui, tous les propriétaires de bars sont plus ou moins liés aux yakuzas. Si ce Boss Gonzo est un caïd, Akira le connaît forcément.

*

En descendant du train à la gare de Shibuya, Louise se sentait vermoulue. Elle avait visité trois appartements et quatre maisons sous la tutelle de Chevry-Toscan et dut prétexter un rendez-vous imprévu pour échapper à son enthousiasme. Si le neveu de l'évêque avait des ennuis, ils ne l'empêchaient pas de faire son job. Elle retrouva le carrefour surpeuplé, les écrans géants. Les néons brillaient déjà sur un fond de ciel mauve où subsistaient de grands pans bleus.

Elle s'engagea dans une rue commerçante. Des bonimenteurs ameutaient le chaland en hurlant dans des mégaphones, tentant de concurrencer la techno qui s'échappait des magasins. Ève habitait au-dessus d'un sex-shop et à côté d'une librairie de mangas. Louise la trouva installée devant une minuscule télé, et un bol de nouilles instantanées. L'unique fenêtre était fermée pour donner toutes ses chances au climatiseur poussif de rafraîchir le studio. Le ronronnement de son moteur n'arrivait pas à couvrir le bruit du trafic, les hurlements des bonimenteurs et la bande-son des écrans du carrefour. Ève ne semblait pas importunée par le vacarme.

– J'avais raison, ton Boss Gonzo est bien un yakuza.

– Mince, ça se corse.

– Pas forcément. Les yakuzas ont un côté respectable. D'ailleurs ils ont leurs bureaux officiels, leurs employés. Et les flics les connaissent. Il y a une sorte d'entente : on vous laisse le commerce de la nuit, les gars ; vous évitez la drogue dure et les règlements de comptes trop voyants.

– Qu'est-ce que Florent peut bien fabriquer avec eux ?

– Boss Gonzo cherche peut-être à se loger.

Et Ève gloussa, contente de sa blague. Louise la questionna au sujet de ses relations avec Ken Fujimori, et Michael Murat. Ses liens avec le premier n'étaient pas aussi solides que souhaités, son histoire avec le second lui avait laissé un goût amer. Louise partagea avec elle un nouveau bol de nouilles instantanées, la laissa sortir une bouteille de saké entamée d'un réfrigérateur de la taille d'un micro-ondes. Ève Steiner en avait besoin. Il s'avéra qu'elle cherchait Monsieur Idéal depuis un moment. Elle le manifestait avec insistance mais personne ne l'entendait et ne se portait candidat pour jouer le rôle du mari, et surtout du géniteur. Louise comprit que son « assistante » était mouillée dans le divorce de Murat.

– Dis-le franchement, Ève. C'est toi qui as semé la pagaille ?

– Une nuit, j'avais un peu forcé sur le whisky au *Climax*, j'ai voulu entendre sa voix et…

– Et tu as entendu celle de sa femme.

Ève prit une mine de gamine butée.

– Elle l'a mis dehors, et l'a menacé de rentrer en France avec les gosses. Michael m'en veut à mort.

– Si c'était le cas, pourquoi m'aurait-il adressée à toi ?

– Il a peut-être une idée derrière la tête.

– Du genre ?

– Il espère me voir faire une bourde pour que les flics me retirent mon visa.

– Pourquoi as-tu accepté de travailler pour moi, dans ce cas ?

– J'ai besoin d'argent.

– Tu en gagnes plus au *Climax*.

– C'est vrai que tu ne payes pas cher.

– Et ça te fait rire ?

– Tu es si sérieuse, Louise. Et si on ouvrait une autre bouteille ?

– Je crois que tu as assez bu.

Ève resta silencieuse un moment puis ses yeux se remplirent de larmes. Louise lui tendit une boîte de mouchoirs. Ève bredouilla des remerciements et se moucha bruyamment comme une gosse. Après quoi, elle dénoua son *yukata*. Louise constata qu'elle ne portait rien en dessous.

– Franchement, comment me trouves-tu ?

– Très bien foutue.

– Tu ne mens pas ?

– Non.

– Alors pourquoi est-ce qu'aucun homme ne veut rester avec moi ?

– Tu le leur demandes peut-être avec trop d'insistance.

7

Louise s'interrogeait pour savoir si sa partenaire allait s'évanouir malgré l'aspirine et le médicament digestif qu'elle l'avait forcée à ingurgiter. Pâle, les traits tirés, Ève s'était endormie dans l'express qui les menait à Chiba ; Louise supposait qu'après leur *sake party* de la veille, la jeune femme avait continué de boire au *Climax*.

Le hall du Tokyo Game Show offrait des proportions dantesques. L'allée centrale était envahie par les adeptes du cosplay ; Ève et Louise se frayèrent un chemin entre les guerriers ninjas, les infirmières équipées de porte-jarretelles et de seringues géantes, les lycéennes gothiques, les samouraïs cosmiques qu'Ève reconnaissait pour les avoir vus dans des mangas, des films d'animation ou des jeux électroniques. Le stand Silver Moon était égayé par une équipe d'hôtesses vêtues de minirobes de vinyle blanc, bottées de cuissardes vert pomme, et coiffées de perruques argentées. Au milieu de ses camarades, Jun Yoshida distribuait avec enthousiasme des brochures aux amateurs. Un jeune homme au format de lutteur exhortait la foule à goûter aux nouveautés. Les visiteurs se pressaient comme des mouches autour des consoles mises à leur disposition.

Ève semblait revenir à la vie. Elle batailla pour gagner une console et se lança dans un jeu musclé. Elle prit les traits d'un malabar en tenue de para et entama un combat à mort avec une frêle Chinoise qui ne s'en laissait pas remontrer et poussait de délicieux petits cris de hyène. Les adversaires évoluaient dans un paysage bucolique, celui de temples bouddhistes noyés dans la floraison des cerisiers. Ève Malabar mena un combat titanesque jusqu'à ce que la jolie Chinoise s'envole dans un double salto arrière avant de se retrouver K.-O. dans un étang peuplé de carpes.

Louise surveillait Jun pendant qu'Ève entamait son deuxième round. La fiancée de Florent Chevry-Toscan discutait avec deux nouveaux venus ; le plus vieux portait une horrible chemise hawaïenne, l'autre une tenue de rappeur clinquante. Hawaï saisit Jun par l'épaule, Rappeur se colla contre son dos ; en dehors de Louise, personne n'avait repéré leur manège. La jeune fille s'éloigna avec les deux hommes. Louise secoua Ève, qui abandonna sa console à regret.

Jun et les deux hommes avaient disparu dans les toilettes. En entrant, Louise entendit des cris, vit le reflet de la scène dans un miroir : Jun agenouillée entre les deux hommes, Rappeur lui tordant les bras dans le dos, Hawaï braillant à quelques centimètres de son visage. Ève voulut intervenir mais Louise lui fit signe d'écouter l'échange. Entre deux hurlements de Hawaï, Jun lui donnait la réplique d'une voix suppliante, et le patronyme de Boss Gonzo émergea.

Lorsque Hawaï gifla Jun, Louise s'interposa. Hawaï lui fit signe de dégager. Elle resta sur place.

– *BAKA !* lui hurla-t-il dans les narines.

– Quoi ?

– *URUSEI BUSU !*

Louise imita le cri de la Chinoise et lui administra un coup de pied dans le bas-ventre. Les yeux du garçon s'écarquillèrent, expression même de l'incrédulité, et il tomba à genoux. Rappeur avait lâché Jun, qui s'était réfugiée contre Ève ; il attrapa son comparse sous les aisselles et le traîna jusqu'à la sortie. Les deux hommes disparurent dans un concert de grimaces et de jurons.

– Tu as cogné un *chimpira*, dit Ève sur un ton de reproche.

– Pardon ?

– Un chimpanzé.

– Il faut admettre qu'il avait un petit côté primate.

Plaisanter soulageait Louise. Ses jambes s'étaient transformées en bâtons de guimauve et son souffle lui jouait des tours.

– Ces gars sont des *chimpira*, Louise. C'est comme ça qu'on appelle les sous-fifres chez les yakuzas. Tu leur as fait perdre la face.

– Elle était moche, ce n'est pas une grosse perte. Et maintenant, allons discuter avec notre amie Jun. Au fait, qu'est-ce que signifie *baka* ?

– « Idiot » ou « Idiote » indifféremment. Mais avec l'intonation *chimpira*, ça donne plutôt « espèce de conne ».

– Sympathique. Et *urusei busu* ?

– « Ta gueule, boudin. »

– Délicieux.

La fiancée de Chevry-Toscan les fixait tour à tour d'un air désemparé. Elle retenait ses larmes, sa joue encore marbrée par la paume de Hawaï. Elle ne paraissait pas sûre d'être en meilleure compagnie qu'avec les primates de Boss Gonzo. Elles s'installèrent à la terrasse d'un café. Louise laissa Ève et Jun discuter ; elle venait de boire une gorgée de café et se sentait nauséeuse.

– Jun doit de l'argent à Boss Gonzo, expliqua Ève. Son père a laissé des dettes. C'est à la famille de payer. C'est-à-dire à Jun et sa mère.

– Une forte somme ?

– Elle ne veut pas me le dire. Mais je n'ai rien perdu de la conversation avec les *chimpira*. Jun leur a demandé encore un peu de patience. Et expliqué que son fiancé avait trouvé le moyen de récupérer les sept millions de yens.

Louise fit le calcul. Le montant correspondait à la somme que Florent avait voulu emprunter à son oncle. Elle consulta sa montre, il était 14 h 30, soit 7 h 30 du matin à Paris. Une heure décente pour un évêque qui donnait ses rendez-vous dès potron-minet. Elle s'éloigna, appela son client et lui fit un compte-rendu de ses découvertes. Edmond Chevry-Toscan eut du mal à digérer le fait que son neveu ait des ennuis avec la pègre locale. Il lui dit qu'il allait réfléchir à la suite des événements et la rappeler.

Ève ne ménagea pas ses efforts pour remonter le moral de Jun. La jeune fille repartit travailler avec un frêle sourire. Louise suivit deux secondes le joli balancement de ses hanches en vinyle, et partit en courant dans le sens opposé. Elle eut le temps de s'enfermer dans les toilettes avant de vomir. Elle encaissait l'effet rétroactif de son coup de sang avec les *chimpira*. Elle s'imagina fouettant Seguin au martinet à clous, histoire de le remercier pour son « opération sans risques ». Mais l'évocation ne réussit pas à la soulager. La sonnerie de son mobile la ramena à la réalité.

– J'ai bien réfléchi, mademoiselle Morvan, dit l'évêque Chevry-Toscan. Je crois que le mieux est que vous contactiez ce monsieur Gonzo.

Louise faillit se pincer pour être sûre qu'elle ne rêvait pas mais réussit à garder son calme.

– S'il veut bien avoir l'obligeance de me donner un numéro de compte, je virerai la somme nécessaire, poursuivit son client.

– Vous voulez griller Florent au poteau et payer la dette avant lui ?

– Votre résumé est imagé, mais en gros, c'est ça, oui.

– Il va falloir que je me fasse accompagner.

– Vous êtes une professionnelle, et j'aimerais autant que personne ne sache que mon neveu a des contacts dans ces milieux…

– Personne, c'est-à-dire ?

Elle nota une pointe d'agacement dans sa voix :

– Personne dans la communauté française. De même, j'apprécierais que les autorités japonaises ne soient pas importunées par ces histoires personnelles. J'ai de nombreux contacts au Japon. Je ne peux pas me permettre de ternir la réputation de ma famille, et la mienne par ricochet.

– C'est vous le patron, répondit Louise tout en essayant de visualiser ses retrouvailles avec les deux chimpanzés.

– Je veux que vous continuiez à filer Florent. J'aimerais savoir comment mon neveu a pu réunir une telle somme avec son salaire d'employé. Soyez prudente, mademoiselle. Et merci pour votre célérité.

Louise réfléchit. Son premier entretien avec l'évêque lui revint en mémoire. «Faire suivre mon neveu est une démarche qui, a priori, ne me semble guère convenable, aussi ai-je pensé lui envoyer une amie.» Cette déclaration feutrée ne correspondait plus à l'ambiance de leur dernière conversation. «Je veux que vous continuiez à filer Florent», avait-il lâché d'un ton sec.

– Louise, ça va ? Tu as l'air d'avoir la migraine…

L'inquiétude d'Ève semblait authentique alors qu'elle lui tendait la boîte d'aspirine achetée à la gare de Chiba. Jun Yoshida avait repris sa place sur le podium Silver Moon. Hawaï et le Rappeur s'étaient volatilisés comme un mauvais rêve. Dommage qu'il faille leur courir après.

– Tu pourrais me dénicher l'adresse de Boss Gonzo, Ève ?

*

Il était assis en tailleur contre la cloison de la chambre, yeux clos, visage offert au soleil déclinant. Les psalmodies des prêtres shinto se mêlaient aux rythmes des percussions ; Michael Murat se laissait bercer par leur chant.

– Tu n'es pas contente de me voir, Louise ?

– Bien au contraire.

Elle lui raconta sa mésaventure avec les *chimpira* de Boss Gonzo. Il l'écouta en silence puis hocha la tête d'un air ennuyé.

– Tu as fait exactement ce qu'il ne fallait pas avec un mâle japonais. Ou même avec un mâle tout court.

– Je lui ai fait perdre la face, je sais. Ève m'a dit la même chose.

– À ses moments perdus, cette gamine est plus sensée qu'elle en a l'air.

– Tu connais Boss Gonzo ?

– Tu veux parler boutique ou aller dîner avec moi, Louise ?

– Les deux.

– Il va falloir que tu choisisses. Je ne suis ici que pour toi. J'aimerais que ce soit réciproque.

– Entendu. On ne parlera pas boulot. Mais dis-moi tout de même si tu connais ce Boss Gonzo.

– La réponse est non. On t'a déjà dit que tu étais têtue ?

– Mille et une fois, Michael.

8

C'était un petit théâtre aux murs rouges, éclairé par un escadron de lanternes orange et blanches. N'ayant pas trouvé de places assises, Ève et Louise se tenaient debout dans le fond de la salle, accoudées à la rambarde. Les spectateurs entraient et sortaient à leur guise, certains échangeaient des commentaires à voix haute. Indifférent au brouhaha, aux allées et venues, agenouillé au milieu de la scène sur un grand coussin mauve, Ken Fujimori enchaînait les saynètes avec verve, et déclenchait des vagues d'hilarité. Ève traduisait le texte à la volée. L'histoire en cours était celle d'un antiquaire découvrant que l'écuelle du chat d'un vieil aubergiste valait une fortune. Il comptait acheter le matou pour récupérer en douce la coûteuse antiquité. Patelin, il se faisait fort de gruger le commerçant sénile, le complimentait à propos de sa cuisine, de la beauté du pin qui ombrageait son auberge, et de son vieux gouttière qui perdait ses poils. Vêtu d'un kimono bleu, Ken interprétait tous les rôles à la fois, l'antiquaire, les clients, l'aubergiste, et même le chat, sans changer sa posture, et avec pour seul accessoire un éventail blanc. L'affaire était conclue, le chat vendu, mais l'aubergiste croyait plaire à l'antiquaire en lui proposant un récipient neuf.

« Voyons, aubergiste, ce vieux bol ébréché me convient très bien ! Emballez-le-moi en vitesse dans un vieux journal, et n'en parlons plus.

– Je suis désolé de ne pas pouvoir le faire, honorable client. Ce n'est pas un vieux bol, mais une porcelaine traditionnelle Imari rarissime d'une valeur de 300 ryos d'or.

– Vraiment, aubergiste ? (Et, pour lui-même :) Ah, le bonhomme connaît sa valeur… Bon, le temps se gâte, et la vue n'est pas si belle. Ce pin est décidément tordu, on dirait un vagabond cagneux et répugnant. Ce stupide chat ne manque pas d'air à se vautrer sur mes genoux. Je déteste les chats. Et puis

*l'animal perd ses poils par poignées, et il est bien
moche. (À l'aubergiste :) Vieil homme, ça ne me
concerne pas mais... pourquoi utilises-tu ce coû-
teux bol en guise d'écuelle pour ton chat ?*

*– Eh bien, honorable client, de temps à autre,
quand j'y mets de la nourriture pour les chats
errants qui viennent se perdre ici, j'arrive parfois
à vendre un matou trois ryos... »*

Louise ne reconnaissait plus l'homme taciturne
voire hautain du *Climax*, et était impressionnée par
sa verve, son charisme. Les spectateurs applaudirent
à tout rompre. Le jeune homme les salua sans trop
de cérémonie et céda la place à une sexagénaire
boulotte qui arrivait à petits pas, entravée dans un
kimono vert, et armée d'un *shamisen*. Sa voix che-
vrotante déclencha un déluge d'applaudissements.

Lorsque Ken arriva de son pas nonchalant, vêtu
d'un jean et d'un polo noirs, Louise remarqua qu'il
semblait content de la voir ; elle accepta sa proposition d'aller dîner en trio dans le quartier. Le QG de
Boss Gonzo se trouvait lui aussi à Asakusa. Grâce à
Ève, Louise avait rendez-vous avec le yakuza dans
la soirée.

Ils longèrent un parc d'attractions déglingué. Ève
entraîna Louise vers une échoppe à la devanture
encombrée pour lui montrer une photo accrochée
entre un poster d'Audrey Hepburn et un bouquet
de chrysanthèmes. Six hommes au corps entière-
ment tatoué étaient alignés en rang d'oignons. Ils
ne portaient qu'un linge blanc roulé en guise de
string. Seul le premier de la file tournait son visage
de gros coriace vers l'objectif.

– Et si je me faisais tatouer à la yakuza, ça te plairait ? demanda Ève à Ken.

Il haussa les épaules, l'air indifférent, et reprit son chemin.

– Ça me permettrait de passer inaperçue chez Boss Gonzo et ses *chimpira*, ajouta Ève à voix basse à l'intention de Louise, qui respira son haleine alcoolisée.

Un moine mendiait en récitant des sutras, protégé de la bruine par un volumineux chapeau en forme de champignon. Ken jeta négligemment des pièces dans sa sébile avant de pénétrer dans un restaurant décati. Ève et Louise entrèrent à leur tour dans la salle bondée ; les clients leur accordèrent quelques regards furtifs avant de se concentrer sur les téléviseurs qui diffusaient une course de chevaux. Le jockey de tête portait une casaque d'un bleu soyeux identique à celui du kimono de *rakugo* de Ken. Ce dernier s'était volatilisé.

– *Irrashaimase !* cria la patronne depuis sa caisse.

Les serveurs entonnèrent la même formule de bienvenue à pleins poumons. L'un d'eux leur désigna l'étage. Les clients étaient moins nombreux mais tout aussi concentrés sur la course hippique. Ken était lancé dans une chaleureuse conversation avec le serveur.

– Son père venait jouer ici aux courses, lâcha Ève avant de se reprendre sous l'œil noir de Ken. Et son maître de *rakugo* y vient régulièrement, ses collègues aussi…

Dans le wagon de métro qui les menait à Asakusa, Ève avait raconté à Louise que Ken logeait, suivant la tradition, chez Kamiyama-san, son maître de *rakugo*. Le serveur déposa une série de petits plats parfumés au milieu de la table. Louise apprécia leur fumet ; le restaurant avait l'air d'un rade crasseux mais le cuisinier connaissait son affaire. Ken avait passé commande d'autorité, et choisi du sashimi fondant, une soupe aux palourdes, du porc sauté, des maquereaux grillés et un tofu velouté. Louise avait oublié ses ennuis de la veille au Tokyo Game Show et retrouvé son appétit. Ève chipotait, plus passionnée par la bière que par les délices du chef. Elle termina son demi et se leva pour en commander un autre, s'attarda avec le serveur.

– Tu peux arrêter ton numéro, dit abruptement Ken. Ève m'a dit qui tu étais. Une privée.

– Je la paye pour me servir d'interprète. C'est limpide. Et légal.

– La police ne plaisante pas au Japon. Ève ne se rend pas compte, elle est enfantine.

– Et toi paternaliste. C'est une grande fille.

– Vous êtes deux grandes filles et pourtant je vous imagine mal tenant tête à Boss Gonzo. C'est pour les sensations fortes que tu fais ce métier ?

– Je ne fais pas ce métier pour moi.

– Pour qui, alors ?

– En souvenir de quelqu'un qui m'a légué l'agence.

– Un ancien amant, je suppose. Du genre à t'attendre sous la pluie…

– Perdu. C'était mon oncle.

– Était ?

– Il a été abattu dans le parking de son immeuble.

Ils se fixèrent un moment en silence. Elle s'attendit à des excuses, il continua de la questionner.

– On a arrêté l'assassin ?

– Non.

Ken fit signe au serveur. Celui-ci revint en compagnie d'Ève. Ken commanda du saké.

– En souvenir de ton oncle, dit-il en faisant le service. Parle-nous de lui.

Louise hésita puis raconta Julian Eden. Ken l'écouta avec attention tandis qu'Ève se concentrait sur la course de chevaux ; il ne fit rien pour l'arrêter lorsqu'elle commanda une nouvelle tournée.

– Si je comprends bien, tu as bâti ta profession sur la disparition d'un homme, autant dire sur des sables mouvants, dit-il.

– C'est un reproche ?

– Non, un constat. Ça me convient mieux que les certitudes et le rationalisme. En ce moment même, nous buvons sur des sables mouvants.

Ève y allait de ses pronostics avec le serveur, et sa voix devenait pâteuse. De quoi regretter ce détour par le restaurant de turfistes, mais les histoires de Ken le valaient.

– Je vais te raconter la légende du quartier. Il y est question d'une femme plus mystérieuse que toi.

– Je n'ai jamais prétendu l'être…

– Il y a bien longtemps, la zone entre les rivières Sumida et Arakawa était marécageuse. Le nom même d'Asakusa ou « basses herbes », rappelle qu'aucun arbre n'y poussait. Le quartier est né au VIIe siècle, d'une pêche miraculeuse. Deux pêcheurs ont retrouvé une statuette dans la Sumida. Ils l'ont rejetée à l'eau, puis repêchée, et cela trois fois de suite. Ils ont raconté leur aventure à un notable, un fervent bouddhiste qui a reconnu Kannon, la déesse de la Miséricorde, et lui a édifié un temple. L'empereur a fait assécher les marécages. Après le grand incendie du quartier des plaisirs de Shimbashi, le shogun a décidé de transférer les maisons closes à Asakusa. Les premiers théâtres de kabuki s'y sont installés. Et ceux de *rakugo*.

– Bref, sans Kannon et ses mystères, tu ne serais pas devenu comédien.

– Exactement.

Louise remarqua un groupe de femmes mûres qui écoutaient leur conversation.

– Des fans ?

– Je pense qu'elles m'ont reconnu.

Louise apprécia qu'il n'y eût pas une once de prétention dans ses manières. Ken adressa un signe de la main à ses admiratrices ; elles répondirent avec des airs timides. Ève s'était endormie, adossée à la cloison. Ken fit signe à Louise de le suivre. La patronne le couvrit de sourires et de compliments lorsqu'il régla l'addition à la caisse.

– Je vais t'accompagner chez les yakuza, lui dit-il une fois dans la rue.

– Pourquoi ?

– Je suis curieux de te voir marcher sur les sables mouvants.

Elle n'avait rien à perdre. Ève était si bavarde qu'elle avait dû raconter les ennuis de Florent Chevry-Toscan à Ken Fujimori, et sans doute à tous ses habitués du *Climax*. Louise soupira d'un air philosophe : pour arpenter les terres du Boss, plutôt qu'une *gaijin* éméchée, mieux valait un habitué du quartier et de ses marécages.

9

Boss Gonzo avait établi ses quartiers dans un établissement de bains. Louise le comprit lorsqu'un *chimpira* lui demanda de se déshabiller. Ken assura la traduction en gardant un visage sans expression.

– C'est une blague ?

– Il veut s'assurer que tu n'as pas d'armes.

– Hors de question.

Ken prit un air dégagé et marcha vers la porte, mains dans les poches.

– Attends une minute. Il n'y a pas moyen de négocier ?

– Je ne pense pas.

– Une fouille aurait le même effet. Je n'ai qu'un couteau suisse et un coup-de-poing américain dans mon sac.

Elle les montra au *chimpira*, qui resta inflexible.

Louise soupesa ses chances d'arriver à satisfaire son client en faisant l'impasse sur Boss Gonzo, les trouva aussi nombreuses que les cheveux sur le crâne d'un moine zen, poussa un gros soupir et suivit le *chimpira* dans une pièce meublée d'un paravent et de machines à laver. Agenouillée sur un tatami, une jeune femme était occupée à repasser au moyen d'une miniplanche et d'un fer assorti. Elle supervisa le déshabillage de Louise derrière le paravent avant de lui donner une serviette de bain. Louise s'y emballa et retrouva Ken qui patientait, torse nu, la serviette nouée autour de la taille, son aisance un rien moqueuse n'enlevant rien à son charme.

La repasseuse leur tendit des chaussons hideux en plastique marron, et ils suivirent le *chimpira*, qui ouvrit une porte sur des nuages de vapeur. Carrelée de noir, dotée d'un plafond bombé et irrégulier, vaguement éclairée par deux lanternes de pierre, la salle évoquait une grotte. Un homme charpenté était à moitié immergé dans un vaste bassin. Sa chaîne en or, sa lourde gourmette et son diamant à l'oreille scintillaient dans la pénombre. Deux jolies filles lui tenaient compagnie ; l'une massait ses épaules, l'autre son pied droit. Boss Gonzo arborait un visage de marbre, mais une serviette pliée en quatre sur sa tête rognait quelque peu sa majesté. Sans prévenir, il se mit à hurler comme Hawaï au Tokyo Game Show. L'explosion ne perturba pas les masseuses.

– Boss Gonzo veut savoir pourquoi on le dérange pendant son bain, traduisit Ken.

– Il était pourtant au courant de ma venue, rétorqua Louise. Rappelle-lui que je suis mandatée par l'oncle de Florent Chevry-Toscan. Un évêque qui s'inquiète pour son neveu et a décidé de lui venir en aide.

La traduction provoqua une nouvelle éruption, plus longue, celle-là. Boss Gonzo chassa ses masseuses comme il l'aurait fait de gros moustiques, d'un air furibard et avec une gestuelle hystérique. Alors qu'elles quittaient le bassin sans protester, Louise put admirer leurs tatouages dorsaux s'arrêtant à mi-cuisse comme des shorts cyclistes ; ils représentaient des dragons et des démons aussi colériques que leur patron. L'une d'elles portait un intrigant couteau de plongée à la cheville droite. Les deux femmes disparurent derrière la porte gardée par le *chimpira*.

– Boss Gonzo veut savoir qui est Florent.

– Le fiancé de Jun Yoshida, une de ses débitrices, comme s'il ne le savait pas ! Explique-lui que son oncle compte payer l'intégralité de la somme. Il veut un numéro de compte pour le virement.

Le yakuza sembla digérer l'information puis s'offrit une nouvelle explosion.

– Boss Gonzo dit qu'il n'aime pas qu'on le prenne pour un imbécile.

– Comment ça ?

– Florent Chevry-Toscan a promis de le payer en moins de quinze jours. En liquide. Boss Gonzo n'aime pas les virements. En gros, il n'a pas confiance.

– Tu lui as bien expliqué que mon client était un évêque ? Il sait ce que c'est ?

Ken posa une nouvelle question. Louise s'attendit à une bordée d'injures mais Boss Gonzo répondit d'une voix posée.

– Boss Gonzo sait ce qu'est un évêque. Mais il veut du cash.

– Si mon client lui donne du cash avant quinze jours, tout s'arrange ?

Boss Gonzo sembla peser la proposition et répondit par une longue tirade.

– Ça veut dire oui ?

– Il se moque de savoir qui règle. Du moment qu'on paye.

– À la bonne heure.

– Il veut aussi savoir combien de temps il faut pour visiter Paris.

Louise resta un temps interloquée avant de répondre.

– Entre deux jours et quinze ans, pourquoi ?

– Je ne crois pas que je vais traduire littéralement.

– Tu fais comme tu sens.

– Tu as d'autres questions ?

– Pas pour aujourd'hui.

Ken s'adressa à Boss Gonzo, récupéra un grand sourire puis une pantomime de dispersion de moustiques qu'elle interpréta par : « Assez ri, du balai. » Ken s'inclina à plusieurs reprises, Louise copia son geste et marcha sur ses pas vers la sortie. Boss Gonzo les arrêta d'une phrase cinglante.

– Quoi encore ? soupira Louise.

– Il veut savoir si c'est toi qui as pulvérisé les testicules de son employé.

– Bien sûr que c'est moi.

– C'est bien ce que je pensais.

La traduction de Ken provoqua un éclat de rire sonore et une nouvelle bordée gutturale.

– Il dit que les Françaises ont plus de couilles que ses *chimpira*.

– *Arigato gozaimasu*[1] ! lâcha Louise en franchissant la porte.

Il y eut un silence, puis un nouveau grand rire de Boss Gonzo, qui s'interrompit brusquement.

– SAYURI ! MIYUKI ! hurla le chef yakuza.

Les masseuses arrivèrent au petit trot. Louise se dit que la fréquentation du Boss devait donner l'impression de passer sa vie sur des montagnes russes. Elle se rhabilla avec soulagement et retrouva Ken dans la rue, équipé d'un petit sourire en coin. Elle posa un doigt insistant sur sa poitrine.

– Tu savais que ça se passerait comme ça ?

– C'est-à-dire ?

– La vapeur, les hurlements, l'occasion de se rincer l'œil...

– Personne ne s'est rincé l'œil en ce qui te concerne, malheureusement.

Louise passa sur le « malheureusement » qui venait de lui chatouiller avec délice le plexus solaire et poursuivit :

– Boss Gonzo semblait à l'aise avec toi. Tu es sûr de ne pas le connaître mieux que tu ne le prétends ?

– Je t'ai déjà dit que non. Ou du moins pas plus que les gens du quartier.

– À d'autres, Ken.

– Tu n'y es pas du tout. Boss Gonzo se méfie de tout le monde. À juste titre. On a déjà essayé de le tuer. À plusieurs reprises.

– Comment le sais-tu ?

– Mes collègues me l'ont raconté. Ils l'ont appris

---

1. Merci beaucoup !

en traînant dans le quartier, à la recherche de bonnes histoires.

– Je croyais que le *rakugo* se basait sur des histoires traditionnelles, des contes…

– Pas seulement. Si on veut maintenir la tradition en vie, on a intérêt à garder les yeux et les oreilles grand ouverts. Il n'y a pas que les sables mouvants qui bougent…

– Bon, admettons que je m'énerve pour rien…

Il posa une main sur son épaule, pressa légèrement.

– C'est vrai, tu es stressée, constata-t-il. Tes épaules sont tendues.

Il se plaça derrière elle et lui frappa les muscles du trapèze avec le tranchant des mains. C'était vigoureux, mais très relaxant. Une fois son massage terminé, il l'observa en silence. Elle se sentit troublée, ouvrit son sac et en sortit de l'argent qu'elle lui fourra en main avec brusquerie.

– Il faudra que tu donnes cette somme à Ève même si c'est toi qui m'as accompagnée chez Gonzo. Je ne veux pas qu'elle se sente grugée.

– Tu as l'intention de continuer à utiliser ses services…

Il avait retrouvé son expression sombre, sa voix sèche. Elle soutint son regard.

– Tu les lui donneras toi-même, dit-il en lui jetant les billets au visage.

Il tourna les talons. Elle l'attrapa par l'épaule.

– Ce n'est pas parce que tu racontes des histoires de matou et de bol ébréché à un public de mémères conquises qu'il faut te croire supérieur, Ken.

– Des histoires, j'en connais d'autres et des plus sévères, répliqua-t-il. Tu n'as pas envie de les entendre, crois-moi.

Elle s'attendait à une gifle. Il se dégagea, et s'en alla.

Louise mit un moment avant de retrouver le chemin du restaurant. Elle comptait réveiller Ève et lui demander si le fait que son petit ami jouait au plus fin pouvait avoir une incidence sur la suite de leur collaboration. En gros, Ève Steiner avait-elle, oui ou non, besoin de l'autorisation de Ken Fujimori pour faire ce qui lui plaisait ?

En chemin, sa colère inquiéta quelques passants et en divertit d'autres.

10

« La société japonaise est une grande famille où hommes et dieux se confondent. Ils sont parents, issus des mêmes ancêtres. » L'antiquaire Yuki Mukoda croyait entendre la frêle voix cassée de son grand-père lorsqu'ils regardaient passer les processions shintoïstes, elle, réfugiée sous son ombrelle, lui, coiffé de son éternel petit chapeau mou. « Si les hommes restent unis et si les dieux sont bienveillants, la rizière nous donnera ses épis. »

Aux abords de la gare de Nippori, le festival d'été battait son plein en ce dimanche après-midi. Pour Mukoda, rien n'avait changé depuis les fêtes de son

enfance : les badauds, attentifs et joyeux, appréciaient la *matsuri*, célébration de rites immémoriaux qui rappelaient la nécessaire solidarité des
hommes et leur besoin de gagner la protection des
multiples divinités peuplant l'univers.

Remontant la rue commerçante, une dizaine de
temples – lourds modèles réduits enluminés de
dorures, calés sur des assises de bambou – semblaient flotter sur une houle humaine. Les porteurs,
jambes nues, chaussés de guêtres blanches, le front
ceint d'un bandeau, bras et visages tendus et ruisselants, progressaient par bonds patauds au son des
tambours et des flûtes auxquels ils mêlaient leurs
voix – un chant rauque, haché par l'effort.

Yuki Mukoda poussa de côté son chariot chargé de
victuailles et s'y accouda pour profiter du spectacle.
Les prêtres shintoïstes arrivaient. Hommes-fleurs
dans leurs kimonos éclatants, violets et pourpres : la
soie des costumes brillait sous le soleil féroce. Parmi
eux, un jeune prélat à la figure grave sous l'impérieuse coiffe noire. Enfant, Yuki Mukoda riait de ces
marmites renversées, qui lui semblaient des chapes
de fonte pour des visages d'adultes trop sérieux.

Dans les recoins des immeubles de commerce et
dans les ruelles adjacentes, des stands avaient été
dressés pour recueillir les offrandes et les redistribuer aux participants, sous forme de nourriture et
de boisson. Ficelés de cordes, de gros ballots de
saké attendaient porteurs et passants : la *matsuri* se
poursuivrait jusque tard dans la nuit.

Yuki Mukoda rentra en prenant son temps, sa
hanche la faisait souffrir à cause du temps capricieux

de ces dernières semaines. Malgré ces élancements, elle savourait à petits pas des souvenirs encore vifs. Elle aimait les fêtes des moissons, mais les *matsuri* du printemps étaient les réjouissances dont elle se souvenait avec le plus de netteté. Dans le calendrier festif, au cycle saisonnier immuable, elles devaient favoriser la fertilité du sol. Le grand-père les appelait les « cérémonies des promesses » et la jeune Yuki y goûtait le plaisir des commencements, des bonheurs possibles de sa future vie d'adulte.

Elle retrouva avec satisfaction la fraîcheur de son petit appartement, déposa les provisions dans la cuisine puis revint s'asseoir face au *kami-dana*, le sanctuaire domestique shinto, dédié aux divinités protectrices du foyer ; elle alluma des bâtonnets d'encens, histoire de participer à sa manière à la *matsuri*. Puis elle s'installa face à l'autel bouddhique familial sur lequel étaient placées les tablettes funéraires. Comme la plupart de ses compatriotes, Yuki Mukoda pratiquait indifféremment les cultes shinto et bouddhiste. À elles deux, ces religions ne répondaient-elles pas aux attentes de chaque individu ? Au shintoïsme, le monde des vivants avec la célébration des naissances, mariages, réjouissances. Au bouddhisme, l'univers de la mort et de ses rites, avec un panthéon chargé de veiller l'âme des défunts.

Elle adressa une prière à sa mère. Elle avait survécu quatorze ans à son père et s'en était allée doucement, au printemps dernier. Pour la première fois, Yuki Mukoda se retrouvait seule. Sa sœur Natsuo résidait dans l'île de Kyushu, au sud de l'archipel. Elle était venue aux obsèques et ne s'était pas attardée ; Mukoda savait que sa cadette la considérait comme une handicapée trop faible pour pouvoir prendre soin de ses invités. C'était sans doute la dernière fois qu'elle la voyait. Natsuo ignorait qu'elle hériterait du magasin.

Elle pensa à sa prochaine rencontre avec Jiro Yamashita. Elle ne l'avait pas revu depuis la floraison des *sakura*. À cette occasion, ils avaient partagé un saké délicieux sous les cerisiers de son jardin, parlé d'art pendant des heures. Pour leur rendez-vous, elle mettrait sa robe rouge. Sa couleur avait la nuance exacte du sang frais ; elle ressortirait avec puissance dans la sombre demeure où il l'attendait déjà, impatient de caresser son nouveau trésor, la plus belle pièce de sa collection. Elle ferma un instant les yeux, vit les veines qui palpitaient sous ses paupières, pensa que la nuit véritable n'existait pas dans cette vie. La nuit véritable n'existait qu'une fois franchi le seuil de l'après-monde.

*

Uncle Death mijote une nouvelle fantaisie, pensait Nikko Thomson en lui ouvrant la porte de la Daimler. Quittant les bureaux du parti New Japan, son patron retrouvait son air coutumier : celui du gars qui veut se dénicher une sensation forte pour se remettre de ses obligations. Nikko était au service de Jiro Yamashita depuis cinq ans, mais certains jours, des jours chauds et lents comme aujourd'hui, ce quinquennat lui semblait une éternité. Il avait parfois l'impression de vieillir à la place de son patron, comme si celui-ci avait conclu un pacte avec le dieu de la Mort en personne. Yamashita était resté bel homme. Un de ces types secs, aux élégantes tempes grises, et qui portaient le costard italien ou le kimono de cérémonie avec la même aisance. Un de ces types qui n'avaient pas besoin de faire grand-chose pour emballer une gamine de Shibuya ou une nana classe de Ginza. Pour autant, les filles semblaient l'intéresser de moins en moins et le surnom d'Uncle Death, emprunté à un inquiétant personnage de manga, lui allait comme un gant. Jiro Yamashita avait une magnifique gueule de fossoyeur de luxe.

Au moins, il n'exigeait rien de stupide de ses employés, comme de porter des gants blancs, un uniforme guindé, ou une cravate alors que le thermomètre flirtait avec les 30 °C. Nikko lui était reconnaissant d'accepter ses cheveux teints, et le rock qu'il écoutait sans se modérer. Par-dessus tout, il appréciait son respect. Yamashita savait que le père de Nikko était américain et sa mère coréenne, mais s'adressait à lui avec la même politesse un peu vieillotte que celle qu'il accordait à chacun. Bien sûr il fallait supporter son mode de vie, ses habitudes étranges. Uncle Death dormait à peine. Il lui arrivait de débarquer au milieu de la nuit, l'air hagard, pour trouver un compagnon. De biture ou de discussion. Il lui arrivait d'errer dans sa grande baraque la nuit, comme un spectre. Il n'en était pas encore à parler seul, mais ça viendrait sûrement.

– Où va-t-on, patron ?

– À Kanda. Tu me déposes chez Ojima-san.

Nikko prit la direction du quartier des libraires en se doutant qu'il aurait du mal à se garer : les badauds se bousculaient le dimanche. Yamashita était l'un des meilleurs clients d'Ojima, un heureux mortel qui arrivait encore à l'étonner avec ses bouquins bizarroïdes. Nikko demanda à son patron s'il pouvait allumer la radio et celui-ci eut un geste vague signifiant qu'il s'en foutait. Ils roulèrent un moment dans un trafic assez fluide. Ce fut le moment du bulletin d'informations. Le présentateur démarra sur les élections à venir, et parla vite des chances du New Japan, un parti qui grimpait dans les sondages. Nikko chercha le regard de son patron dans le rétroviseur. Yamashita écoutait, un léger sourire aux lèvres. Nikko n'entendait pas grand-chose à la politique mais sentait l'effervescence dans l'air. Yamashita multipliait les réunions avec les faucons de son parti, les journalistes influents, les chefs d'entreprise. Il y allait en tirant la patte, comme quelqu'un qui n'a pas le choix. La nuit, il redevenait Uncle Death, celui dont peu connaissaient le vrai visage. Hormis peut-être des gens comme Ojima le libraire de Kanda, ou Mukoda, la vieille antiquaire boiteuse de Yanaka ; ces gens qui nourrissaient l'obscurité de Jiro Yamashita.

Nikko eut la chance de trouver une place vacante dans un parking proche de la librairie. Il ne se précipita pas pour ouvrir la portière. Quand il n'y avait pas de spectateur, Yamashita se moquait du décorum. Nikko sortit pour s'acheter un café froid dans un distributeur. À son retour de la librairie,

Yamashita avait un gros bouquin emballé sous le bras, et l'air excité comme un môme. Il ordonna de prendre la direction de la maison.

Une fois arrivé, Nikko gara la voiture sous l'auvent. Yamashita fila dans la bibliothèque, son précieux trésor serré contre sa poitrine. Nikko alla demander à la cuisinière si le repas était prêt. En chemin, il croisa son patron qui l'entraîna dans son musée des horreurs. Le nouveau bouquin était ouvert sur la table basse. Nikko s'assit en tailleur et enfila les minces gants en plastique habituels. D'un signe de tête, Yamashita lui fit signe d'ouvrir le livre.

La dernière fois que Yamashita lui avait demandé d'admirer la nouvelle pièce de sa collection, Nikko avait menti en prétendant que la vieille sculpture qui ressemblait à un poisson séché était intéressante. C'était une trouvaille de l'antiquaire Mukoda. Une vraie fausse sirène, un magnifique attrape-couillon en provenance directe du XVIIIe siècle et de Java que les pêcheurs indonésiens fabriquaient avant de les vendre aux marins occidentaux trop crédules. Les sirènes étaient confectionnées avec des queues de poisson fossilisées et des crânes de singes.

Nikko appréciait de porter des gants ; ce bouquin sortait au moins du Moyen Âge. Sa couverture avait dû être rouge et doré, mais elle avait pâli et sa couleur évoquait celle d'un navet séché. Des souris ou même des rats s'étaient offert un snack en grignotant ses coins, et avaient peut-être pissé dessus. Nikko ouvrit la chose, faisant danser une odeur de moisi et de pieds malpropres. Yamashita lui ordonna de tourner les pages avec précaution. Le livre était imprimé dans d'étranges caractères colorés et compliqués. Mais il y avait aussi des images. Des personnages en longues robes, certains équipés d'auréoles brillantes, se faisaient torturer avec des méthodes très imaginatives. Nikko avait toujours pensé que les gravures bouddhistes évoquant l'Enfer étaient les plus violentes du genre. Il s'était trompé. Les Occidentaux s'y entendaient eux aussi. De pauvres hères à poil comme au jour de leur naissance, qu'ils devaient d'ailleurs regretter, se faisaient rôtir la couenne sur un bûcher, et on pouvait presque entendre leurs hurlements par-delà les siècles ; plus loin, une belle dame à la chevelure d'ange avait les seins tranchés par un type à gueule de brute.

Yamashita lui fit signe de continuer. Corps éviscérés, tronçonnés, ébouillantés, les sévices imposés aux simples pécheurs comme aux saints se poursuivaient sur un rythme soutenu. La pire était sans doute l'image où un pauvre type était écorché vif sous un pommier gorgé de fruits, au tronc habité par des serpents. Mais il y avait aussi celle où un type faisait couler de l'or ou de l'huile bouillante dans la gorge d'une fille aux cheveux si épais qu'ils lui servaient d'habit. Elle était immobilisée par trois costauds à gueule de rhinocéros.

– Alors, Nikko ?

– Super, patron.

– Je trouve aussi. Ce malin d'Ojima me l'a vendu un peu cher mais ça valait la peine.

Yamashita déclara que la séance était terminée. Nikko salua avant de s'éclipser. Il avait besoin d'aller faire un tour. Une délicieuse odeur de beignets aux huîtres flottait dans la maison mais il se sentait l'estomac retourné. Dans le même temps, il éprouvait de la fierté. En dehors de Yuki Mukoda, cette vieille toquée d'antiquaire, il était le seul autorisé de séjour dans la pièce qui abritait la collection noire de Jiro Yamashita.

11

– Allô ! Mukoda-san, je suis ravi que vous m'appeliez... Excellente nouvelle. Rendez-vous à Yanaka cet après-midi... à 15 h 00... Dans votre magasin ? Entendu... C'est formidable.

Louise venait de passer plusieurs jours à sillonner Tokyo en compagnie de Florent Chevry-Toscan. Jusqu'à présent, il n'avait reçu que des appels de compatriotes cherchant l'appartement de leurs rêves. Cette conversation en anglais et le visage radieux du jeune homme étaient prometteurs.

Une fois seule, Louise téléphona à Ève Steiner. Leur dernier entretien dans le restaurant de turfistes d'Asakusa avait porté ses fruits. Ève lui avait confirmé, avec une passion inattendue, qu'elle continuerait de l'aider, même contre l'avis de Ken. Louise lui demanda d'appeler les Renseignements afin d'obtenir les coordonnées d'une certaine Mukoda, commerçante à Yanaka. Cinq minutes plus tard, Ève lui donnait d'une voix enjouée l'adresse et le téléphone d'une antiquaire. Louise lui proposa de se rendre sur place.

– Dis-toi que c'est un rôle. Mets une tenue passe-partout. Évite le maquillage. Arrive en avance. Fouine dans le magasin comme si tu admirais les pièces, écoute la conversation, et reste un peu après le départ de Florent. Je prendrai le relais lorsqu'il quittera le magasin.

Louise étudia son plan de Tokyo. Puis sa montre. Il était à peine 11 heures. Elle avait du temps à tuer avant son train pour la gare de Nippori.

*

Un panneau indiquait la direction du *Yanaka Cemetery*. Le cimetière était un vaste espace ouvert surplombant le réseau ferroviaire. Le feuillage dense des arbres n'absorbait pas le bruit des trains se succédant à cadence rapide, et le croassement désormais familier des corbeaux. La végétation offrait un refuge d'ombre, à défaut de tranquillité, à quelques promeneurs et à des gamins qui jouaient entre les tombes.

Louise emprunta l'allée centrale goudronnée, arriva à la hauteur d'un poste de police guère plus grand qu'une cabine de douanier. Deux bicyclettes blanches étaient garées contre le mur. Un agent balayait son pas de porte ; son collègue discutait avec un vieil homme qui semblait égaré. Louise observa les photos scotchées sur les vitres, supposa qu'il s'agissait tout à la fois de criminels et de disparus, mais les textes indéchiffrables l'empêchaient de faire le tri. Elle remarqua deux reproductions anciennes, accrochées au-dessus d'un bureau de fer : une pagode intacte, puis en proie à un incendie.

Envahie par la mousse, brunie par les ans, la pierre des sépultures se confondait avec la terre. Louise vit un rectangle coloré au milieu d'une allée transversale. Elle s'avança, découvrit un magazine porno abandonné. Les chairs roses, les yeux brillants, les sous-vêtements aux couleurs criardes tranchaient avec l'atmosphère funèbre. Éros en visite chez Thanatos, pensa-t-elle en rejoignant l'allée centrale.

La ruelle qui l'intéressait longeait le cimetière ; elle se révéla sans issue, bouchée par des masures décrépies. Louise trouva vite ce qu'elle cherchait. Peints sur la vitrine, des idéogrammes d'or écaillés trahissaient l'âge vénérable du magasin d'antiquités de Yuki Mukoda. La pièce maîtresse, une armure militaire du temps des shoguns, dotée d'un masque menaçant, trônait au centre. À sa droite, une marine sur laquelle semblait veiller un chien de bronze ; à sa gauche, une élégante calligraphie, un dragon à la gueule révulsée posé sur une délicate table de bois, et deux masques de nô, un rouge, un blanc. Louise rejoignit le cimetière, s'installa sur un talus d'où la vue sur le magasin était imprenable, et patienta. Elle espérait qu'Ève Steiner était déjà dans les murs.

Elle vit défiler quelques passants : une vieille femme au dos si voûté qu'elle était presque courbée en deux, un père de famille et ses enfants, une femme enceinte dont le bas du visage était couvert d'un masque en tissu blanc qui admira longuement la vitrine avant de se décider à entrer.

Florent Chevry-Toscan arriva à 15 heures précises. Un jeune couple entra à sa suite, et plus rien ne se passa pendant un long moment. Louise put méditer sur l'aspect le plus négatif de son métier : l'attente. Que ce soit au milieu d'un cimetière tokyoïte, ou dans les herbes boueuses de Nogent-sur-Marne, on attendait et attendait, et la plupart du temps seul. Elle se demanda s'il n'était pas temps pour elle d'engager un associé, puis elle secoua cette pensée finalement importune et sans doute inspirée par l'ambiance du cimetière. L'idée d'ouvrir son bureau-appartement à un étranger ne lui convenait pas. En cela, elle différait de Julian Eden, qui avait réussi à supporter pendant des années la présence quotidienne de Blaise Seguin.

Florent réapparut en compagnie d'un métis d'une trentaine d'années, mince et musclé, aux cheveux teints en roux, et d'une Japonaise d'un certain âge. Sa robe, d'un rouge flamboyant, rappela à Louise la tenue d'Ève Steiner au *Climax*, la nuit de leur rencontre. Celle que Louise supposait être l'antiquaire Mukoda était petite et maigre, et boitait fortement de la jambe droite ; elle s'aidait d'une canne, et les deux hommes ralentissaient le pas pour rester à son rythme. Florent Chevry-Toscan s'adressait à elle avec déférence ; quant au métis, il les laissait converser, et transportait une caisse en bois banale d'environ vingt centimètres de haut. Louise les suivit à bonne distance. Ils s'arrêtèrent devant une grande propriété, protégée par un mur de crépi jaune surmonté de tuiles grises ouvragées. Louise utilisa son téléphone portable pour zoomer sur le trio pénétrant dans la maison et le photographier.

Plusieurs voitures étaient garées l'une derrière l'autre, moteurs au ralenti, tandis que les conducteurs, des représentants et des chauffeurs de taxi, s'offraient une sieste sur le siège avant, en position couchette. Un bout de paradis climatisé, pensa Louise avec envie. La sueur lui collait les cheveux aux tempes, coulait le long de son dos. Elle se dirigea vers le portail entrouvert, eut le temps d'apercevoir la maison, une vaste demeure traditionnelle aux fenêtres obturées par des lattes de bois, et trois sculptures contemporaines bordant un sentier de graviers. Le portail se referma automatiquement. Louise remarqua une caméra fixée sur le mur d'enceinte. Elle prit une photo de la plaque d'entrée sur laquelle étaient gravés deux kanji.

Elle s'aventura dans l'entrelacs des ruelles. Leur étroitesse rebutait les voitures et en faisait le domaine des bicyclettes et des chats. Elle acheta un jus de pomme dans un distributeur automatique. Une librairie se trouvait de l'autre côté de la rue ; adossé au chambranle de la porte, un homme agitait un petit éventail. Il lui sourit. Des lunettes rondes, des cheveux longs sur la nuque, il avait l'air détendu et sympathique.

– *Konnichiwa !*

– Bonjour. Je cherche un livre sur Yanaka. Cette pagode détruite par un incendie…

Le libraire l'invita à entrer, lui présenta plusieurs ouvrages.

– On raconte qu'un couple d'amants s'y est suicidé dans les années cinquante, provoquant l'incendie. Le quartier fut épargné car le feu a été maîtrisé rapidement : la pagode était isolée au milieu du cimetière.

– Heureusement. Yanaka recèle de magnifiques maisons.

– Tenez, une bonne photo de la pagode. Ce livre reproduit aussi des vues du quartier au début du siècle. Voici l'une des tenues masculines favorites de l'époque : le canotier de paille et le *yukata*. Vous remarquerez que chaque sous-chapitre a son commentaire condensé en anglais.

– Splendide, je le prends.

Après avoir payé, Louise sortit son téléphone et montra la photo qu'elle venait de prendre.

– Pourriez-vous me dire comment se prononcent ces kanji, je vous prie ? J'ai été séduite par la beauté de la maison ; elle semble appartenir à un amateur d'art éclairé.

– C'est la demeure des Yamashita. Dans le temps, la famille possédait la plus grosse partie du quartier. L'actuel propriétaire, Jiro Yamashita, est médecin et politicien. Il dirige le parti conservateur New Japan. C'est aussi un important collectionneur. La maison abrite, paraît-il, des pièces superbes.

– Vous le connaissez personnellement ?

– J'ai eu l'occasion de le rencontrer. Il m'a passé commande de livres anciens. Nous avons eu une agréable conversation. Yamashita-san est un admirateur de Dazai, Mishima et Kawabata. Il a évoqué leurs destins similaires puisque les trois écrivains se sont suicidés. C'est curieux, cette coïncidence avec l'histoire de la pagode.

– Pourquoi ?

– Dazai avait déjà tenté de se suicider une première fois avec sa maîtresse. Yamashita-san m'a confié que le traitement artistique du thème du suicide à deux l'intéressait tout particulièrement.

– Vous auriez un bon magasin d'antiquités à me conseiller dans le quartier ?

– Il y en a pas mal. Surtout vers Ueno, le quartier des musées, dit-il en montrant une direction opposée à celle du magasin de Mukoda.

Louise sut qu'elle n'arriverait pas à recentrer la conversation sur Yuki Mukoda sans éveiller les soupçons de cet intelligent libraire à l'anglais impeccable. Elle glissa le livre dans son sac et prit la direction de la gare de Ueno.

12

Louise sonna chez Ève sans succès, puis tenta de la joindre sur son portable mais ne récupéra qu'un message enregistré en japonais. Elle patienta sur le palier, utilisa son téléphone pour se connecter sur Internet. Elle surfa à la recherche d'articles sur le politicien Yamashita, trouva son bonheur sur le site du *Daily Yomiuri*, un quotidien en langue anglaise. Le New Japan n'avait que douze ans d'existence : une paille en regard de la longévité d'éléphant du

LDP, fondé dans les années cinquante et toujours à la tête du pays. Un article complaisant brossait le portrait d'un collectionneur chic aux goûts bigarrés et au savoir encyclopédique : l'art ancien de la Chine n'avait pas plus de secrets pour Jiro Yamashita que l'œuvre torturée de Francis Bacon.

Un journaliste moins déférent osait des questions aigres, insinuant que le parti tirait l'essentiel de son soutien financier de donations émanant de la secte bouddhiste Shinankyo, ou l'Église de la Pure Prospérité. Si le succès grandissant du parti New Japan lui offrait un jour un siège au gouvernement, que deviendrait la notion de séparation de l'Église et de l'État ? N'y aurait-il pas là violation de la Constitution ? Yamashita démentait : « Le New Japan a certes une coloration religieuse mais elle n'est en rien problématique. Il suffit qu'elle soit acceptée au même titre que celle de partis politiques d'Europe de l'Ouest tels que le parti chrétien-démocrate allemand, par exemple. »

Guère découragé par la langue de bois, le journaliste vachard insinuait qu'un dénommé Chomei Sago, un des dirigeants de la Shinankyo, était perçu par certains militants du New Japan comme le vrai patron de leur parti. « Sago est une figure importante de la société japonaise et un grand ami. Mais, croyez-moi, ses activités à la tête de la Shinankyo, qui compte, je vous le rappelle, plus de trois millions de membres, l'occupent suffisamment pour qu'il ne soit pas tenté par la politique. » L'interview s'arrêtait là et c'était peut-être le coup de maître du journaliste. Le stratagème du silence sceptique. Même le lecteur le plus crédule y verrait anguille sous roche.

Louise faillit ne pas reconnaître la jeune femme aux longs cheveux noirs qui montait l'escalier ; un masque de coton blanc couvrait son nez et sa bouche.

– Qu'est-ce que c'est que cet accoutrement ?

– Une perruque. Et un masque qu'utilisent les enrhumés ou les allergiques au pollen. Avec ça, je passe inaperçue. Et j'avais glissé un coussin sous mon tee-shirt.

Louise se souvint de la Japonaise enceinte de l'impasse et comprit qu'Ève était plus ingénieuse que prévu. Pour autant, son retard était difficile à digérer. Une fois dans son studio, Ève s'étudia dans un miroir.

– C'est marrant comme je te ressemble avec cette perruque…

– Si tu le dis.

– Tu es de mauvaise humeur ?

– Comme quelqu'un qui t'a attendue quelques heures.

Ève s'excusa, prétexta un rendez-vous qui l'avait accaparée – la visite d'un nouveau studio moins bruyant – et servit du thé glacé.

– De mon côté, j'ai passé un siècle derrière une commode.

Louise haussa les sourcils.

– J'ai fait mine de sortir en activant la sonnette de la porte, et je me suis cachée. J'entendais la conversation sans problème. À moitié en anglais, à moitié en japonais.

– Qui était le métis qui portait la caisse ?

– Nikko Thomson, un employé de Yamashita. Il se débrouille bien en anglais. Malgré ça, Yuki Mukoda le prenait de haut. Yuki veut dire « neige » ; ça lui va comme un gant. Les métis ne sont pas toujours appréciés. Et puis ce Nikko ne s'exprime pas d'une manière très distinguée quand il parle japonais. En tout cas, l'antiquaire s'entend bien avec le Français. Je suis restée planquée jusqu'à ce que Chevry-Toscan, Mukoda et Thomson se barrent en laissant le magasin à la vendeuse. Manque de chance, en me relevant, je me suis retrouvée nez à nez avec un jeune couple. Ils m'ont souri bêtement, je leur ai dit que j'avais perdu ma boucle d'oreille, alors le garçon a voulu venir derrière la commode avec moi pour m'aider, et sa copine l'a regardé d'un drôle d'air, et…

– Revenons à nos moutons, si tu veux bien…

– Chevry-Toscan a quelque chose à vendre à Yamashita.

– Tu as appris ce que c'était ?

– Non, mais ça a l'air suffisamment excitant pour que Mukoda ait accepté de les mettre en relation. Elle gardait la caisse au chaud dans son arrière-boutique.

– Pourquoi, puisque le vendeur est Chevry-Toscan ? pensa Louise à haute voix.

– C'est toi la détective.

– Et puis Florent Chevry-Toscan aurait pu prendre directement contact avec Yamashita.

– Je commence à connaître les mœurs locales. En affaires, les intermédiaires sont un passage obligé.

– Bravo, Ève. Pour une débutante, tu te débrouilles bien.

– Ça m'a changée de l'ambiance du *Climax*. J'y retourne ce soir, hélas.

– Pourquoi « hélas » ?

– L'objectif des clients est de se saouler le plus vite possible, en matant les sirènes et mon décolleté en alternance, et de me raconter leurs problèmes de bureau. Je n'en ai rien à cirer.

Tu es décidément une comédienne-née, pensa Louise ; elle se souvenait encore de cette soirée au *Climax* où la jeune hôtesse semblait se passionner pour les déboires de Watanabe avec son patron.

– Je ne suis pas venue au Japon pour ça.

– On s'en doute.

– Je voulais traduire des bouquins. Je rêvais.

– Ton japonais semble excellent.

– Je le lis mal. J'ai pourtant travaillé dur. L'université le jour, le *Climax* le soir. J'écrivais des chansons pour me détendre. Mais ça n'a pas marché. J'ai failli péter un plomb.

– Tu comptes rester à Tokyo ?

– Peut-être bien. J'adore cette ville. Quand je suis arrivée, j'ai cru débarquer dans la plus horrible jungle de béton du monde, Sarcelles à la puissance 10. Et puis, je me suis laissé gagner par l'ambiance.

– Et par Ken ?

– Ken aime une chose par-dessus tout. Son boulot. Et la personne la plus importante dans sa vie est Kamiyama-san, son maître de *rakugo*. Kamiyama veut dire « dieu de la montagne ». Ça lui va bien.

Ce maître avec ses airs de bon père de famille un rien rondouillard est le dieu de Ken.

La voix d'Ève berçait Louise, qui se sentait gagnée par un engourdissement tropical ; son corps était moite comme au sortir du sauna. Si la climatisation fonctionne, l'appareil est sur le point de couler une bielle, pensa-t-elle.

– La clim est cassée ?

– Non, mais je l'utilise le moins possible. L'électricité est hors de prix.

– Les vaches maigres, ça va te convenir encore longtemps ?

– La vie est excitante ici, même si elle n'est pas toujours confortable. Tu veux quelque chose de plus costaud que du thé ?

– Non merci.

– Tu viens avec moi au *Climax* ?

– Je suis fatiguée.

– Ne me dis pas qu'à Paris, tu ne sors pas…

– J'ai mon QG dans un bar. Mais c'est plutôt un bistrot. Et d'ailleurs il s'appelle le *Clairon des Copains*.

– Ça existe, des noms pareils ?

– Ce n'est pas aussi sexy que le *Climax*, j'en conviens, mais l'ambiance est plus chaleureuse…

– Allez, ne fais pas ta timide. Je te présenterai mon patron, Akira Miura. Un type adorable. Malheureusement marié, lui aussi…

Louise refusa l'invitation. Ève insista, la supplia presque. Louise se demanda pourquoi une fille tellement entourée ne pouvait supporter quelques heures de solitude.

– Je me sens coupable, lui dit-elle sur le pas de la porte.

– Coupable de quoi ?

– Je ne sais pas exactement… Autant que je m'en souvienne, je me suis toujours sentie coupable.

Louise n'était pas d'humeur à psychanalyser Ève Steiner. Elle devait joindre l'évêque au plus vite. Elle prononça quelques paroles apaisantes, et s'en alla. Dans une ruelle à peu près tranquille, elle téléphona à son client. L'abbé Courrère lui apprit que son patron était occupé et la rappellerait dès que possible. Elle insista. L'abbé Courrère lui fit comprendre que personne à part Dieu ne pouvait interrompre une messe en la basilique Saint-Martin.

13

La balle décrivit une courbe impeccable. Il aurait pu être heureux. Savourer la perfection du geste, le son mat de l'impact du club n° 3 et de la petite balle dure, suivre sa trajectoire jusqu'à ce qu'elle se noie dans le gazon synthétique. Au lieu de cela, il se vit fatigué et déjà vieux, parqué dans une boîte à étages au milieu de types aussi déguisés que lui et qui faisaient semblant d'être au vert. Ce n'est qu'un club hors de prix. Une ruche de frappeurs maniaques. Et ces milliers de balles tout en bas, des yeux de poisson révulsés. Ridicule.

Jiro Yamashita quitta le practice et marcha vers le parking en plein air. Nikko Thomson l'attendait, adossé à la Daimler, le nez en l'air, profitant du soleil. Il se précipita pour récupérer le sac de golf et le ranger dans le coffre. Yamashita le remercia et s'installa dans la voiture.

– On va chez Sago-san, patron ?

La main sur la clé de contact, Nikko attendait. Yamashita prit une décision. Il venait de se convaincre de l'inutilité du golf.

– Ça te dirait de commencer le golf, Nikko ?

Le gamin chercha son regard dans le rétroviseur. Pour une fois, il semblait étonné. Yamashita s'en amusa. Il aimait surprendre son jeune chauffeur.

– Je te donne mes clubs.

Nouveau regard étonné.

– Et, bien sûr, je t'offre des cours.

Nikko se garda de poser des questions. Il se contenta de hocher la tête. C'était un des aspects que Yamashita appréciait le plus chez lui. Il comprenait vite mais éprouvait rarement le besoin de le faire savoir.

– Allez, emmène-nous chez Sago, soupira Yamashita.

Nikko engagea souplement la Daimler dans le trafic. Il remonta l'avenue Gaien-Higashi et prit la direction de Waseda. Les bureaux de la secte se voyaient de loin et étaient aussi imposants que les buildings de l'université. Yamashita se demanda pourquoi Nikko ne semblait jamais impressionné en pénétrant dans le fief de la Shinankyo. Sago avait beau avoir le physique d'un crapaud momifié, personne n'ignorait qu'il était un homme de pouvoir et que sa famille possédait l'une des plus importantes entreprises de construction du pays. Le garde en uniforme ouvrit la grille, puis guida la Daimler jusqu'à un emplacement numéroté.

– Quelle corvée, marmonna Yamashita en resserrant son nœud de cravate.

Nikko lui ouvrit la portière, il fallait un peu de cinéma, on était en représentation. Yamashita gravit les marches de marbre, franchit le portail et marcha vers l'imposante statue du prophète barbu, armé du livre sacré censé receler les secrets du monde. Chomei Sago en personne l'attendait aux pieds du vieux schnock en stuc, et le salua bien bas. Avant qu'un garde ne referme le portail sur eux, Yamashita se retourna vers Nikko. Le gamin était adossé à la Daimler et fumait une cigarette.

Yamashita échangea les formules de politesse habituelles avec son hôte et le suivit jusqu'au salon de réception. Le décor n'avait pas changé d'un iota. Le prétentieux piano blanc dont personne ne jouait, les canapés recouverts d'un brocart si voyant qu'il vous mordait la rétine, le bar à l'anglaise, le majordome à gueule compassée. Une fois assis, Sago eut l'air d'un gnome des marais en repos sur une feuille de lotus. La vision se dissipa lorsqu'il claqua des doigts pour appeler son loufiat. Un bon whisky ne ferait pas de mal à son invité. Yamashita fut prestement servi. Le breuvage était excellent, comme d'habitude.

– J'ai regretté de ne pas vous voir au golf samedi dernier, Yamashita-san.

Les lèvres minces s'étiraient dans un sourire acrobatique qui donnait à Chomei Sago une allure d'illuminé, ce qu'il n'était pas. Yamashita était bien placé pour le savoir. Sago avait beau être un des piliers de la Shinankyo, et mener à la baguette des escadrons d'imbéciles dévoués à la puissance du Père de Lumière, il était aussi un type aux pieds sur terre et au regard rivé sur son compte en banque.

– Le golf demande une grande disponibilité d'esprit, Sago-san. Vous avez toujours été un excellent golfeur à cause de cela. Bien meilleur que moi. Politique et golf ne font pas bon ménage, contrairement aux apparences.

– Allons donc, Yamashita-san. Vous dirigez un parti. Je dirige une organisation qui soutient votre parti. Vous avez choisi la voie de la politique et moi celle de la religion. Mais nous faisons le même métier.

Malheureusement ! rétorqua en silence Yamashita, que la voix doucereuse de son interlocuteur engourdissait, à moins que ce ne fût le whisky, décidément trop bon.

– Je vous sens fatigué, mon ami, reprenait Sago. Ce n'est pas le moment. Nous avons besoin de vous. Le New Japan a le vent en poupe. Remués par les scandales qui ont affaibli les grosses organisations, les électeurs cherchent de nouvelles perspectives.

Yamashita ne put s'empêcher de sourire. Il s'imaginait lançant sa démission au visage de Sago. Ce serait un moment délicieux.

– J'ai toujours apprécié votre détachement élégant, Yamashita-san. Mais mener le parti au sommet exige bien autre chose. N'oubliez jamais que, sans cet argent, vous ne seriez pas là où vous êtes.

Où suis-je, où sommes-nous ? Bonnes questions, pensait Yamashita, qui, maintenant, souriait pleinement, comme on se déboutonne après un banquet.

– Je ne crache pas dans la soupe, Sago-san. Je n'oublie pas les pots-de-vin que je vous ai aidé à distribuer en vue de l'obtention de contrats de travaux publics. Je n'oublie pas les dons généreux dont votre organisation a gratifié le New Japan. Je n'oublie rien.

– Et alors ? Qu'est-ce qui ne va pas ?

– La politique, Sago-san.

– Quoi, la politique ?

– Vous pourriez me trouver un remplaçant. Choisissez Iida ou Nomura : des hommes énergiques qui ne demandent qu'à prendre le taureau par les cornes.

– Des paysans sans classe.

– Je n'ai jamais entendu dire que la classe garantissait l'obtention de sièges à la Diète. En parlant argent à l'instant, vous étiez plus crédible.

– À quoi bon jouer à ce jeu cynique et désinvolte, Yamashita ? Imaginez l'impact négatif de votre départ sur l'électorat.

Ce vieux crapaud ne me lâchera jamais, pensa Yamashita. La Shinankyo a investi des milliards dans le parti New Japan. Sago attend son retour sur investissement. Notre Constitution a instauré la séparation de l'Église et de l'État mais le gnome de Lumière s'assoit sur la Constitution, avec son petit derrière osseux. Il rêve d'un grand Japon, pieux et surtout obéissant. L'arrivée de cette fille en chien fou dans le jeu de quilles est ma seule chance de sortie.

– Et que diriez-vous de l'impact d'un gros scandale sur l'électorat, Sago-san ?

– Il était temps que nous parlions de choses concrètes. Je vous écoute.

– Grande, belle, jeune, française, culottée. Elle prétend s'appeler Louise Morvan. Elle est venue me voir dans l'après-midi.

– Pour quelle raison ?

– Me faire chanter.

14

L'évêque rappela alors qu'elle franchissait le petit pont qui la ramenait au sanctuaire. Elle lui raconta son entrevue avec Boss Gonzo, sa découverte des relations de Florent avec l'antiquaire Mukoda et le docteur Yamashita.

– Votre neveu a sans doute déjà vendu à ce monsieur ce qui l'intéressait, monseigneur. Vous pourriez aussi bien me dire ce que vous savez à ce sujet.

– Qu'est-ce que vous insinuez ?

– Vous pensez sans doute que je manque d'expérience, et qu'il vaut mieux ne pas m'en dire trop…

– Pas du tout. Je n'ai rien à cacher, et je veux que vous fassiez ce pour quoi je vous paye. Empêcher Florent de faire une bêtise. Au lieu de me dire qu'il est trop tard, allez voir le docteur Yamashita. De ce pas.

– Pour ?

– Vous renseigner et faire annuler la vente si nécessaire.

– Il est près de 23 heures, monseigneur.

– Ce qui laisse supposer que vous avez rencontré ou vu les personnes dont vous parlez dans la journée. Vous auriez dû m'alerter sans attendre la nuit.

L'évêque marquait un point. Louise maudit une fois de plus Ève Steiner. Si celle-ci était rentrée directement de Yanaka après sa mission, on n'en serait pas là.

– Entendu. Je vais faire mon possible pour rencontrer Yamashita cette nuit.

– Non, mademoiselle. Vous ferez *l'impossible*, lâcha Edmond Chevry-Toscan avant de raccrocher.

*

Le chant des cigales semblait plus puissant à Yanaka qu'à Harajuku. Les ruelles désertes, les volets tirés, l'odeur de végétation humide donnaient l'impression de marcher en pleine campagne. Une lueur filtrait à travers les fenêtres du premier étage de la propriété, à moitié dissimulée par le feuillage. Louise sonna jusqu'à ce qu'un jeune costaud ébouriffé, et qui sortait visiblement du lit, vienne lui ouvrir. Elle reconnut Nikko Thomson, ses traits d'Eurasien, ses cheveux teints. Le chauffeur la dévisagea comme si elle était le produit d'un mauvais rêve puis se ressaisit. Ils entamèrent une courte conversation, vite interrompue par l'apparition d'un homme en costume traditionnel et socques de bois. Louise le trouva sans âge, beau et sinistre. Il s'adressa à elle en anglais.

– Que désirez-vous, mademoiselle ?

– Mon nom est Louise Morvan, et il faut absolument que je vous parle, docteur.

Yamashita donna un ordre en japonais à Nikko. Celui-ci fouilla Louise, lui confisqua portable, couteau suisse, rossignol et coup-de-poing américain. Ils traversèrent une galerie bordant un jardin intérieur. Sous les rayons lunaires, Louise aperçut de grosses carpes rouge et blanc dans une pièce d'eau. Elle se retourna, le chauffeur marchait silencieusement derrière elle, ses traits s'étaient durcis. Yamashita la fit entrer dans une pièce éclairée par une lanterne en papier de style contemporain, meublée d'un bureau bas, de deux fauteuils sans pieds et d'étagères garnies de livres anciens. Le plateau du bureau était nu à l'exception d'un coupe-papier en argent ; des estampes représentant des paysages de montagne pendaient aux murs de crépi ocre qui s'harmonisaient avec la blondeur des tatamis. Louise expliqua les raisons de sa venue. Nikko apporta du thé, lui jeta un regard furtif. Jiro Yamashita attendit son départ, alla vérifier qu'il n'était pas posté derrière la cloison avant de questionner sa visiteuse.

– Votre client souhaite annuler cette vente ?

– Certainement.

– Une jeune femme est venue me voir, hier. Elle parlait bien japonais, et a prétendu s'appeler Louise

Morvan. Elle vous ressemblait. Les longs cheveux, le teint, la silhouette…

Louise encaissa le coup sans faiblir. Et le regard de Yamashita, à la fois scrutateur et amusé, en tout cas dépourvu d'hostilité.

– Cette personne s'appelle en réalité Ève Steiner. J'ai utilisé ses services pour suivre Florent Chevry-Toscan lorsqu'il s'est rendu chez vous. Que voulait-elle ?

– Rien de spécial. Elle s'est prétendue photographe, commanditée par Florent Chevry-Toscan pour prendre des clichés de son livre. Un projet de publication.

– Quel livre ?

– Celui qu'il m'a vendu, bien sûr. Vous voulez le voir ?

Sans attendre sa réponse, Yamashita saisit un sac en papier imprimé ; le logo représentait un homme en *yukata* lisant sous un cerisier en fleur. Il en sortit un livre abîmé qu'il posa sur le bureau. Louise lut le titre : *Ad majorem Dei gloriam.* Elle tenta une traduction : *Pour une plus grande gloire de Dieu.* Un programme qui en valait un autre. Yamashita ouvrit un tiroir empli de gants en latex du type qu'utilisent les chirurgiens. Et les tueurs en série, ne put-elle s'empêcher de penser. Il lui tendit une paire en souriant.

– Oui, c'est ça, enfilez-les. Dites-moi ce que vous pensez de mon livre.

Louise feuilleta l'ouvrage, qui sentait le moisi. Vétuste, en mauvais état, il recensait quelques visions de l'Enfer, ainsi qu'une série de supplices infligés par des légionnaires romains à des chrétiens stoïques.

– Et vous l'avez payé sept millions de yens ? demanda-t-elle, sceptique.

– C'est une pièce rare.

Louise pensa que Florent l'avait volé dans la bibliothèque de son oncle. Ce qui expliquerait le malaise qu'elle avait ressenti dès sa rencontre avec son client. L'évêque souhaitait-il remettre son neveu dans le droit chemin ou récupérer son livre ?

– Elle n'avait pas d'appareil photo, et a prétendu qu'elle me rappellerait pour un rendez-vous. Désolé, mademoiselle, de ne pouvoir vous apporter plus d'éléments.

– Vous accepteriez de rencontrer mon client ? Il tient beaucoup à ce livre.

Yamashita haussa les épaules, avec l'air narquois de celui que n'impressionne guère la vaine agitation du monde.

– Pourquoi pas.

– Pardon d'avoir abusé de votre temps.

Il l'invita à le suivre. Le trajet n'était pas le même qu'à l'arrivée. Le visage ascétique du propriétaire s'accordait à l'atmosphère de sa sombre et magnifique demeure. Il se déplaçait lentement, comme s'il souhaitait lui laisser le temps d'admirer ses trésors. Il désigna un foyer, au centre d'une pièce aux simples coussins plats. Un énorme poisson de fonte et une marmite assortie pendaient du plafond. Un vase bleu garni d'iris, d'une simplicité parfaite, se laissait admirer dans une alcôve de bois. Au-dessus d'une commode aux ferrures délicates, Louise crut reconnaître un Dubuffet.

– Votre maison est une splendeur.

– Vous croyez ? Je suis né ici. On prétend que l'accoutumance émousse la beauté.

Nikko attendait à la sortie et lui rendit ses affaires sans un mot. Puis il traversa la cour et entra dans un pavillon attenant à l'auvent qui protégeait une Daimler.

– Votre chauffeur ne semble pas m'apprécier.

– Ce n'est qu'une impression. Nikko veille sur moi. Votre arrivée tardive l'a inquiété.

– Et deux Louise Morvan dans la même journée, c'est beaucoup pour un seul homme…

Il se contenta de sourire.

– Vous ne vouliez pas qu'il entende notre conversation, reprit-elle. Je sais qu'il parle anglais.

– Son père est américain. Mais vous vous trompez, j'ai peu de choses à cacher à Nikko.

Louise lui tendit la main. Yamashita marqua un temps d'arrêt avant de la presser mollement, comme si la coutume lui paraissait dérisoire, puis s'éloigna d'un pas lent.

En marchant vers la gare, Louise lutta pour domestiquer sa colère. Ève. La première femme et la dernière des traîtresses. Ève, Ève, Ève. Mata Hari d'opérette. Salope authentique. Idiote baroque. Louise lui essaya une série de panoplies comme dans ce jeu que, gamine, elle adorait. Une silhouette cartonnée de poupée en sous-vêtements et une garde-robe de transformiste : chaque tenue s'ajustait grâce à de petites languettes rabattables. Félonne manipulatrice ou crétine écervelée, cette petite-fille de Marilyn en mal de scénarios déjantés allait voir ce qu'elle allait voir.

*

Nikko enfila ses baskets sur ses pieds nus et quitta la maison. Il vit la visiteuse de Yamashita sur le sentier qui bordait le cimetière. Elle marchait d'un pas vif, sa silhouette laissait deviner qu'elle était en colère. Il la suivit, attendit qu'elle sorte du cimetière avant de l'aborder. Il l'interpella en anglais.

– Mademoiselle, attendez !

Elle se retourna. Son visage était froid. Il avait eu raison : cette fille était en colère.

– Vous me reconnaissez ? Je suis le chauffeur de Yamashita-san.

Nikko aurait voulu parler plus vite. Les mots lui venaient mais ils remontaient de son passé, et lui tiraillaient la gorge.

– Oui, je vous reconnais, dit-elle avec une expression un peu plus tranquille. Qu'est-ce que vous voulez ?

– On dirait que vous êtes en colère contre la terre entière. Pourquoi ?

– Vous n'aviez qu'à écouter aux portes. Elles sont en papier. Ça facilite la tâche.

J'écoute aux portes et justement ça commence à me dégoûter, pensa-t-il. La rue était déserte. Il suffirait d'un rien pour que son patron soit débarrassé de cette fille. Nikko avait envie de protéger Yamashita. Cette vérité lui était apparue dans toute sa bizarrerie.

Il souhaitait protéger Uncle Death, et c'était presque comique. Pour autant, il ne savait plus quoi faire de cette fille, et en plus il pleuvait. C'était comme un voile de poisse qui vous pénétrait jusqu'à l'os et vous faisait trembler malgré la chaleur.

– Vous êtes française, comme l'autre ?

– Oui, mais c'est tout ce qu'on a en commun.

Nikko comprit qu'elle était en rage contre la première *gaijin*, celle à qui Yamashita avait donné de l'argent contre son silence. Elle n'était peut-être pas une menace, après tout. Il entendait une musique. Une voix chantait dans une langue étrangère.

Souris puisque c'est grave / Seules les plaisanteries doivent / Se faire dans le plus grand sérieux / Souris puisque c'est grave / Si les dieux te déçoivent / Offre-leur un visage radieux… [1]

La fille écoutait, elle aussi. Elle avait l'air de comprendre les paroles, et pourtant ce n'était pas de l'anglais.

– J'aime bien cette chanson, dit-elle. Ça va bien avec l'ambiance…

– C'est quoi comme langue ?

– Du français.

– Vous êtes de quel pays ?

– Je suis française mais ma mère est anglaise. Elle m'a toujours conseillé de garder la tête froide et mes sentiments pour moi dans les ennuis. Je suppose qu'elle aime cette chanson elle aussi.

1. *Souris puisque c'est grave*. Alain Chamfort / Jacques Duvall.

Nikko était étonné. Cette fille ne ressemblait à aucune de celles qu'il avait connues. À y regarder de près, elle lui faisait penser à la belle vêtue de sa chevelure à qui des bourreaux coulaient de l'or dans la bouche. Elle avait un visage qu'on voyait dans les livres, celui des madones des chrétiens. Il lui dit que lui aussi avait des parents de deux pays différents, et qu'il n'était pas d'ici.

– Votre père est américain, c'est ça ?

Nikko n'aimait pas parler de son père. Mais cette fille attentive avait une voix douce.

– Oui, il est resté en Corée après la guerre. Il y a rencontré ma mère. Ils sont venus s'installer au Japon. Ensuite, mon père est parti. Ma mère s'est remariée avec un Japonais. Il s'appelle Kaneda. Il ne parle pas beaucoup, mais c'est un type bien. Un maître de kendo. Kaneda et ma mère ont eu un fils, Rai. Ça veut dire « confiance » en japonais. Ça ne lui va pas vraiment.

– Pourquoi ? On ne peut pas avoir confiance en lui ?

– Non, c'est Rai qui n'a confiance en personne.

Ils parlèrent de la signification des prénoms un moment. Nikko comprit qu'en France, c'était comme en Amérique, les prénoms n'avaient pas toujours un sens. Il savait que son père s'appelait Anthony mais que tout le monde l'appelait Tony. Et Tony, ça ne voulait rien dire. Nikko ne se souvenait pas d'avoir parlé de sujets intimes aussi longtemps avec quelqu'un. La Française rompit le charme en lui disant qu'elle avait à faire. Il la regarda s'éloigner vers la gare.

Il entra dans le restaurant d'où provenait la musique. Deux clients s'attardaient en tête-à-tête ; une fille attendait derrière la caisse. Nikko lui demanda si quelqu'un pouvait lui traduire les paroles de la chanson. La fille le regarda comme s'il venait de lui demander de décrocher la lune.

– Il n'y a que le cuisinier qui parle un peu français, dit-elle. Mais il a fini son service, monsieur. Revenez donc manger une autre fois. Il vous traduira ce que vous voulez…

Nikko répondit que ce n'était pas une idée plus mauvaise qu'une autre et quitta le restaurant. Une fois dans la rue, il leva la tête vers le ciel et laissa la pluie lui inonder le visage. C'était un geste simple qu'il ne s'était pas accordé depuis qu'il était gamin. En glissant ses mains dans ses poches, il sentit la coque de son téléphone. Il devait appeler. Faire son rapport, dire à qui de droit que Yamashita-san avait reçu une nouvelle visiteuse. Mais il n'en avait aucune envie. Nikko Thomson ne souhaitait qu'une chose : sentir la pluie sur son visage, et la laisser lui rappeler qu'il était vivant.

15

Jiro Yamashita se confectionna du thé à la cuisine et s'installa dans la pièce qui abritait sa collection. Il laissa les cloisons ouvertes pour profiter de la vue, du jardin frémissant sous la pluie. Il s'installa en tailleur devant la table de laque rouge. Sur la feuille, le ruisseau de poudre blanche était net comme une décision claire. Il ficha la paille dans sa narine droite et aspira.

Ses yeux explorèrent la pièce comme pour la première fois. Elle protégeait les secrets qu'il avait mis des années à collecter. Trente ans pour être précis, comme sa pratique du golf. Il se tourna vers le paravent ; il se souvenait des circonstances de son achat comme si c'était hier. Yuki Mukoda avait passé une éternité à Okinawa pour convaincre l'ancien propriétaire de s'en séparer. Yuki la boiteuse, Yuki la délicieuse. Yuki savait que la beauté exigeait du temps. Le paravent racontait une histoire éternelle ; il s'en délectait. Les nuages dorés incendiaient l'horizon, les fantassins arrivaient en armures cliquetantes, les amants s'enlaçaient dans un bruit de soie. Yuki la vieille femme, Yuki la jeune fille.

Après ce qui lui sembla des heures de vide et de plénitude, il ferma les yeux, se concentra sur ce que son ouïe pouvait lui apprendre. La pluie faisait chanter les feuilles. Un chien jappait, obstiné. Le chant métallique des cigales râpait l'espace. Il reprit une inspiration, imagina ses poumons en chambres à air qui gonflaient dans le seul but de capter des souvenirs. Son nez connaissait une grammaire inouïe, puissante. La terre dégageait cette odeur moussue qu'il aimait. Le parfum du thé Oolong, servi par sa mère jadis, lui parlait des jours anciens.

Sa maison était un refuge. Elle avait abrité l'existence de ses aïeux. Mais des visiteuses venaient secouer les traditions. L'existence était rythmée par des cycles, il ne fallait pas être grand clerc pour le saisir. Les visiteuses étaient-elles les annonciatrices de la fin d'un cycle ? Elles se ressemblaient. N'étaient-elles pas une seule et même personne ?

*

Son rossignol eut raison de la serrure. Le futon était replié dans son placard, la vaisselle rangée, la poubelle vidée. Louise ouvrit la penderie avec un mauvais pressentiment, et la trouva bien ascétique. Il n'y avait pas une valise en vue dans le studio d'Ève Steiner.

Elle se rendit au *Climax*, interrogea le barman, qui lui répéta qu'Ève ne s'était pas présentée à son travail, et que c'était une première. Elle aperçut Petit Gros en conversation avec une hôtesse, se souvint qu'il s'appelait Watanabe et le cuisina jusqu'à ce qu'il téléphone à Ken Fujimori. Le comédien de *rakugo* n'avait aucune nouvelle de sa petite amie.

De retour au Togo Jinja, Louise envisagea de raconter sa mésaventure à son client. Mais comment avouer qu'elle s'était fait piéger par un amateur ? Elle décida de se calmer les nerfs dans son baquet. Cette baignoire rustique est en train de devenir ma meilleure amie, admit-elle. Une fois dans l'eau, elle se détendit, pensa qu'elle aurait dû écouter Ève lorsqu'elle l'avait entreprise avec ses histoires de culpabilité.

Son bain l'aida à trouver le sommeil. Elle fut réveillée par un crissement. Elle se redressa, écouta mieux, réalisa qu'il s'agissait de socques de bois foulant le gravier du sanctuaire, et se rendormit sur le ventre.

*

Elle avait pénétré en enfer. Il avait la forme d'une haute pagode rouge, perpétuellement en flammes. Son gardien portait un kimono, un coupe-papier géant en diagonale dans le dos. L'homme se retourna, et Louise reconnut les traits du docteur Yamashita. Elle s'approcha, magnétisée par la force de ses yeux. Il la fit marcher sur l'eau ; des carpes rouges frétillèrent sous ses pieds nus. Elle entra dans la pagode. Des corps étaient pendus à des crochets de fonte, d'autres brûlaient sur des bûchers, un missionnaire mijotait dans une marmite géante.

Yamashita lui demanda de s'allonger sur le ventre ; elle le laissa écarter les pans de son kimono. Les flammes léchaient les murs de la pagode, mais Yamashita ne semblait pas les remarquer. Il posa ses mains dans le creux de ses reins. Elle ressentit une brûlure, voulut crier, sentit que sa bouche était bâillonnée…

Louise se réveilla devant des flammes, pensa à un incendie, voulut fuir. Mais son corps était plaqué au sol et une douleur lui cisaillait le dos. Quelqu'un était assis à califourchon sur ses reins. Une main gantée de cuir se plaqua sur sa bouche. Ce qu'elle avait pris pour un début d'incendie était la mince flamme chuchotante d'une lampe à souder, à dix centimètres de son visage. Elle mordit la main de son assaillant mais l'épaisseur du cuir l'empêcha de le blesser. Elle réussit à pousser un cri, et sentit son crâne exploser.

*

Quand elle revint à elle, une lueur rougeoyait dans le lointain, et mille fourmis lui dévoraient les membres. Elle était toujours allongée sur le ventre, ses yeux bandés, sa bouche bâillonnée, ses membres ligotés. Elle reconnut le chuintement de la lampe à souder, comprit d'où venait la lueur, entendit une respiration.

La flamme bougea. Louise sentit l'angoisse la prendre. La flamme se rapprocha.

Le temps se dilua, alors que l'homme traçait et retraçait les deux mêmes signes sur la peau de son dos, le premier en quatre traits, le second en deux, en se servant de la lampe comme d'un pinceau, tenu à la bonne distance. Quelques millimètres de plus et il la brûlerait.

Au contact de sa main sur sa peau, elle se raidit. Il la caressa en prenant tout son temps. Elle sentit des cheveux la frôler. Et un contact humide. Il se servait de sa langue pour tracer les deux mêmes signes que tout à l'heure. Il ne les traça qu'une fois, mais prit tout son temps.

La porte coulissa. Des pas sur le gravier. Le chant des cigales reprit possession du monde.

16

Les corbeaux la réveillèrent en sursaut. Au bout d'une éternité, des coups ébranlèrent la cloison.

– Louise ! Tu es là ?

La voix de Murat. Elle tenta de crier à travers son bâillon. Elle entendit la cloison coulisser, Murat pousser un juron. Il la libéra, elle sanglota un moment avant de pouvoir répondre à ses questions. Il inspecta son dos, expliqua qu'on y voyait encore la trace de deux kanji.

– Ils se prononcent *mesu*.

– Qu'est-ce que ça signifie ?

– « Femelle ». Dans le meilleur des cas.

– Et dans le pire ?

– « Salope ».

Il la laissa récupérer avant de la questionner.

– Tu aurais pu éviter d'en venir aux mains avec ce *chimpira*…

– Je voulais impressionner Jun Yoshida pour gagner sa confiance.

– Où va se loger la conscience professionnelle…

Elle s'habilla, consulta sa montre, constata qu'elle avait passé une nuit et une demi-journée ligotée comme un gigot. Murat alla s'entretenir avec le directeur du Togo Jinja pendant qu'elle l'attendait dans la cour.

– Je lui ai expliqué que tu avais trouvé un autre hébergement. Je n'ai pas mentionné l'agression. Je t'emmène te calmer les nerfs au Shinjuku-Gyoen.

– Qu'est-ce que c'est ? Un asile psychiatrique ?

– Un parc.

Dans le taxi, elle se pelotonna contre lui. Le chauffeur les déposa dans un quartier paisible. Ils s'installèrent sur un banc, face à un étang envahi par les nénuphars. Il lui tendit une clé, un plan griffonné sur un papier.

– C'est le studio que je loue à Iidabashi. Je n'y suis resté que deux jours. Le loyer est payé pour un mois. Tu peux l'utiliser.

– Tu n'y vis plus ?

– Ma femme accepte que je revienne à la maison. C'est pour te l'apprendre que je suis passé ce matin. Je ne voulais pas que tu penses…

– Je comprends, dit-elle.

– Si tu le souhaites, je retourne questionner le personnel du Togo Jinja…

– Merci, je sais me prendre en charge.

Elle le questionna à propos d'Ève.

– Elle m'a dit que tu me l'avais recommandée pour avoir une occasion de la voir faire un faux pas…

– C'est absurde. C'est vrai qu'elle a mis la pagaille chez moi, mais mes problèmes matrimoniaux existaient avant ça.

– En attendant, elle a disparu.

Murat répéta qu'il n'avait aucune idée de l'endroit où elle pouvait se trouver. Il ignorait ses fréquentations en dehors de Ken Fujimori.

Elle le regarda partir avec un pincement au cœur. Elle avait aimé sa nuit avec lui, même si elle le trouvait un tantinet brutal, et envisagé de reprendre des forces en s'endormant contre sa poitrine, mais, comme nombre d'hommes sympathiques et rassurants, il était marié. Elle arriva à une conclusion qui en valait bien une autre. Ce n'était pas parce qu'une enquête prenait des allures de Grand-Guignol qu'il fallait s'avouer vaincue. Elle entendait encore Blaise Seguin chantant les louanges de l'oncle Julian. *Personne ne pouvait lui faire abandonner une affaire.* Pas le moment de larmoyer, se dit-elle en quittant son banc. Le tour de cochon qu'on venait de lui jouer coïncidait avec la défection d'Ève. Se pourrait-il qu'il y ait un rapport ?

Elle était arrivée sur une vaste pelouse. Autour de cette trouée verte, les buildings dessinaient une crête de verre et de béton, et la plus haute tour ressemblait à l'Empire State Building. Elle s'assit à l'ombre d'un pin et observa un petit homme qui débarquait dans le paysage avec un grand sac en papier kraft et un air mystérieux. Chauve, court sur pattes, pourvu de bretelles retenant tant bien que mal un pantalon avachi, il était bien le seul dans la compagnie des promeneurs à ne pas porter de chapeau. Il sortit des éventails de son sac. Déployés au bout de ses bras tendus, ils prirent des allures de papillons fébriles, furieux d'être entravés. Le charme gagna les bras, qui se tordirent avec une grâce insoupçonnée. Le petit homme s'offrit deux minutes de plaisir puis remballa soigneusement son matériel et repartit, ni vu ni connu, avec son grand sac, et son air furtif.

Louise remercia le ciel de lui avoir envoyé ce lutin improbable. Il avait réussi à la faire sourire. Elle jeta un dernier coup d'œil aux pins taillés à la perfection, et dont les ombres tranchaient sur le vert violent de la pelouse. Elle se sentit invitée par cette prairie drue et ombragée. Elle s'allongea et s'endormit.

Elle fut réveillée par un haut-parleur. Une voix agréable sur un fond de clochettes incitait les promeneurs à quitter le parc. Louise suivit le mouvement. La nuit tombait, les néons ressuscitaient. La ville se métamorphosait en un océan de signes palpitants. Elle déambula jusqu'à ce que son estomac grogne famine, repéra un jeune homme élégant, le *Herald Tribune* calé sous le bras. Elle l'interpella pour lui demander une adresse de restaurant. Il l'entraîna dans son sillage. Ils fendirent la foule qui s'épaississait, passèrent sous un tunnel de chemin de fer et débouchèrent dans une ruelle pavée qui longeait la voie.

– Dépêchez-vous, l'heure de la fermeture approche. Essayez la soupe aux tripes et les brochettes à l'ail, lui conseilla-t-il en la quittant devant un restaurant de la taille d'un cagibi.

Le réduit devait être une adresse courue, il ne restait qu'un tabouret vacant. Louise s'y jucha, au coude à coude avec des hommes en manches de chemise qui cherchaient le réconfort le nez dans leurs verres. Elle montra du doigt quelques brochettes qu'on s'empressa de faire rôtir sous ses yeux. Les plats se révélèrent goûteux. Chaque passage de train faisait trembler les murs mais le petit rade tenait bon. Un peu comme moi, pensa Louise en souriant intérieurement. Elle commanda du saké et apprécia sa fraîcheur et son goût fruité. Il se servait dans de petits cruchons et se dégustait dans de

modestes coupelles, et cette modestie était dange-
reuse.

Louise quitta le restaurant les jambes cotonneuses
mais la tête plombée.

*

– Allô ! Louise, c'est moi.

– Ève ! Tu peux m'expliquer ce que tu fabriquais
chez Yamashita ?

– Je suis au Togo Jinja. Je t'attends. Viens vite.

Elle avait déjà raccroché. Louise se demanda si sa
voix transpirait de peur ou témoignait d'un forcing
sur quelque mauvais whisky. Elle utilisa la fonction
rappel mais n'obtint que le répondeur. Elle prit un
taxi, profita du voyage pour envisager différents scénarios. Le plus plaisant était celui où elle retournait
deux claques à Ève avant de la questionner.

Elle remonta la côte en courant, passa le petit pont,
franchit le porche. La cloison coulissa dans un bruit
désormais familier. L'odeur de santal l'était aussi
mais se mêlait à un remugle plus offensif. Restée sur
le seuil, Louise distingua une valise ouverte, objet
pataud, stupide, bourré de vêtements en vrac. Elle
actionna l'interrupteur.

Elle était allongée sur le ventre, le bras droit serré
contre la hanche, le gauche plié en équerre. Elle
avait gardé sa perruque. Le visage était tourné vers
la porte, les yeux grands ouverts. Louise répéta son
prénom comme une prière idiote. La pâle lumière
de la lanterne éclairait le visage sans maquillage,
les traits presque enfantins. Louise toucha sa joue

du bout des doigts. Le corps froid d'Ève Steiner se foutait éperdument de l'été tokyoïte.

Elle remarqua la tache sombre sous la tête. La gorge avait été tranchée. Elle pensa à Julian Eden. Qu'aurait-il fait dans pareille situation ? Louise réussit à vaincre son envie de vomir et fouilla la valise. Dans une pochette latérale, un trousseau de clés mais pas de téléphone. Dans une autre, un passeport et un portefeuille en faux cuir bourré de billets fripés. Elle les compta. Elle remarqua une pochette en plastique qu'Ève portait fixée à sa ceinture, se servit d'un mouchoir en papier pour l'ouvrir sans laisser d'empreintes ; elle contenait des liasses de billets de dix mille yens et un aller Tokyo-Paris en classe économique.

Un chien aboya dans le lointain. Louise partit en courant vers l'avenue. Une masse furieuse voleta au-dessus de sa tête. Un corbeau. Il se posa sur une branche et l'insulta de sa voix lugubre.

17

– Une femme a été égorgée dans ma chambre.

Au bout du fil, un blanc, puis la voix de l'évêque, rêche comme toile émeri.

– Qui ça ?

– Ève Steiner. Une Française que j'avais employée pour une filature.

– Je vous avais demandé de la discrétion, c'est réussi. Je vais m'arranger pour que cette affaire soit la dernière de votre carrière.

– Qui vous dit que ce n'est pas le même projet que celui du tueur ? dit-elle pour parer le coup.

– Vous voulez dire…

– Que c'est peut-être moi qu'on a voulu éliminer. Mon pied-à-terre est une sympathique petite étuve, isolée mais très accessible.

Elle préféra garder pour elle la visite d'Ève Steiner à Jiro Yamashita. Une question d'instinct.

– Vous avez prévenu la police ?

– Pas encore.

Elle attendit une réaction. Rien ne vint.

– Le docteur Yamashita m'a montré le livre, reprit-elle.

– Quel livre ?

– Celui que Florent lui a vendu. *Ad majorem Dei gloriam*, un vieux bouquin montrant les châtiments infernaux, la persécution des saints. Vous auriez pu me dire que votre neveu l'avait volé dans votre bibliothèque, on aurait gagné du temps.

Il resta de longues secondes silencieux.

– J'arrive à Tokyo dès que possible. Je vous réglerai le restant de vos honoraires. Et vous rentrerez à Paris.

– Si la police m'y autorise.

– Je suppose que vous ne pouvez plus loger à Harajuku.

– Vous supposez bien, monseigneur. Mais, rassurez-vous, j'ai trouvé un logement décent.

Elle raccrocha sur cette dernière phrase. Elle ne souhaitait pas qu'il lui dicte la marche à suivre ; les comptes qu'elle avait à régler débordaient du cadre de l'affaire Chevry-Toscan.

Le taxi la déposa devant le théâtre : Ken Fujimori était de repos, et le guichetier refusa de communiquer l'adresse de Kamiyama-san, le maître de *rakugo* qui l'hébergeait. Louise rallia le restaurant des amateurs de courses hippiques. Pas un client en vue. Le restaurant fermait, le serveur donnait un coup de balai. Elle se lança dans une impossible conversation avec lui, obtint qu'il l'accompagne jusqu'au domicile de Ken.

Kamiyama-san était un quinquagénaire posé, entouré de sa femme, de ses enfants et de ses apprentis comédiens. Il écouta calmement les explications du serveur. Lorsque Ken aperçut Louise, il esquissa un mouvement de recul. Le regard éloquent de son maître le força à faire face. Ken attrapa un parapluie et entraîna Louise dans la rue. Une fois hors de vue de la maisonnée Kamiyama, il lui saisit le poignet.

– Tu me fais mal !

– Où est-elle ?

– Je viens de découvrir son corps dans ma chambre. Elle est morte.

Il la gifla à toute volée, elle heurta le corps métallique d'un distributeur de cigarettes. Il la frappa avec son parapluie, elle répliqua d'un direct dans l'estomac puis d'un gauche au visage. Il chancela. Des passants s'étaient arrêtés et suivaient la bagarre d'un air effaré.

– Elle nous a doublés, espèce de crétin ! siffla Louise en réprimant sa rage pour ne pas hurler. Elle a extorqué du fric à un politicien.

Elle se laissa glisser contre le distributeur. Ken cria ce qui sonna comme une insulte aux badauds qui filèrent sans demander leur reste.

– Quel politicien ?

– Jiro Yamashita.

Elle remarqua son regard durci.

– Tu le connais ?

– Comme tout le monde.

– Tu me sers la même ritournelle que pour Boss Gonzo. Tu ne les connais pas vraiment mais tu les connais quand même. Tu veux bien arrêter de me prendre pour une conne ?

– Yamashita passe souvent à la télévision, dit-il avec un geste d'apaisement. On parle beaucoup de son parti, le New Japan. Qu'avait Ève sur lui ?

– J'ai bien l'intention de l'apprendre.

Il se frotta l'estomac en grimaçant. Il était trempé. Louise aussi mais elle ne ressentait pas le froid, leur séance lui avait fait bouillir le sang. Ken avait frappé de toutes ses forces, il avait d'ailleurs brisé le parapluie qui gisait en relique de plastique sur la chaussée brillante où s'élargissaient des flaques. Elle aurait voulu que l'averse apaise sa colère, sa peur rétrospective, les sentiments confus qui la travaillaient.

– Comment est-elle morte ?

– Si je te le dis, tu évites de me défoncer à coups de parapluie ?

Il leva les yeux au ciel.

– Égorgée.

Il poussa un juron, se releva pour balancer des coups de pied dans le distributeur de cigarettes. Un homme sortit d'une échoppe, s'approcha. Louise tira Ken par le bras et lui proposa d'aller discuter dans un endroit tranquille.

– Et sec, si possible.

– Retournons chez moi, dit-il.

Kamiyama-san était assis devant la télévision avec sa tribu. Ken les salua, et fit monter Louise à l'étage. Sa chambre était spartiate. Il dormait lui aussi sur un futon, un portant doté de quelques cintres lui servait d'armoire. Il attrapa une bouteille sur une étagère, et deux verres. Le whisky n'était pas terrible mais remit en place le cœur de Louise.

– Tu lui connaissais des ennemis ? Un client dont elle aurait repoussé les avances ?

– Ève n'a jamais eu d'ennuis de ce genre.

– Les deux hommes qui t'accompagnaient au *Climax* l'autre soir ? Le bavard ? Et le dormeur ?

– Des copains de longue date. Mariés, infidèles, mais pas avec Ève.

– Il se peut qu'il y ait eu erreur sur la victime, dit-elle après avoir hésité.

– Tu veux dire que c'est toi qu'on aurait voulu tuer ?

– C'est une possibilité.

Il resservit du whisky et s'installa sur son futon en s'adossant au mur. Elle s'assit à ses côtés.

– Elle allait partir.

Il la regarda d'un air incrédule.

– Elle avait sa valise, un billet d'avion pour un départ demain soir, et un paquet de fric, ajouta-t-elle. Un million de yens au bas mot.

– Ses économies, peut-être…

– Non. Ses économies étaient fourrées dans la valise. Dans les trois cent mille yens. Le fric dont je te parle formait des petits paquets bien nets, cerclés de bagues en papier. Elle l'avait sur elle, dans une pochette. Tu me suis ?

Il se contenta de la regarder avec un air d'incompréhension totale.

– Tu es comme moi, reprit-elle. Tu te demandes par quel miracle j'ai retrouvé cet argent.

– Je ne comprends pas plus ce qu'elle faisait au Togo Jinja.

Louise lui parla du coup de fil d'Ève, de sa voix affolée ou avinée.

– Elle n'avait peut-être pas envie de passer sa dernière nuit chez elle, ajouta-t-elle. Et puis j'imagine qu'elle a eu des remords, et décidé de me dire au revoir, de se faire pardonner.

Elle lut dans les yeux de Ken une question que sa fierté lui interdisait de prononcer : « Pourquoi n'est-elle pas venue *me* faire ses adieux ? »

– Je vais téléphoner à Akira Miura, le patron du *Climax*, dit-il au bout d'un moment. Ève et lui étaient très copains.

Il lui dit de patienter et sortit de la chambre. Louise alluma une cigarette, ferma les yeux et se concentra sur le chant des cigales. Elles chantaient même sous la pluie. Julian Eden était mort une nuit de juillet lui aussi. Une nuit de pluie chaude. Loin d'ici, dans le temps et dans l'espace. On l'avait abattu de deux balles dans le dos, dans le parking de son immeuble parisien. C'était elle qui l'avait trouvé. Elle avait prévenu sa mère avant la police.

Par la suite, elle s'était enfermée dans le bureau du quai de la Gironde. Il avait été dévalisé, alors elle avait remis de l'ordre après le départ des enquêteurs, lu tous les dossiers, écouté les bandes magnétiques. Une semaine plus tard, le notaire de Julian lui annonçait qu'elle héritait de l'agence d'investigation Eden. Louise avait signifié à Kathleen qu'elle abandonnait ses études d'ingénieur en électronique pour devenir détective privé.

– Je ne pense pas que ton père appréciera, avait dit sa mère.

– Qui ça ?

Adrien Morvan n'avait pas apprécié. Il avait menacé de faire le voyage de Bordeaux et de délaisser, pour quelques précieuses heures, son affaire de production viticole, afin de venir raisonner sa fille à Paris. Il avait hurlé au téléphone, à une Kathleen stoïque, qu'il allait venir « mettre de l'ordre dans la pétaudière ». Il était resté à Bordeaux.

Louise réalisa que le dernier cadavre qu'elle avait vu, en dehors de celui d'Ève Steiner, avait été celui de son oncle. Elle commençait à frissonner dans ses vêtements trempés ; elle trouva un tee-shirt dans une commode. Il était blanc, trop large, montrait un kanji noir au tracé élégant et sentait bon. Elle regarda machinalement les étagères. Un pan était consacré aux DVD et vidéos. Les titres des films occidentaux étaient rédigés en caractères romains : *Blow up* d'Antonioni, *Le Samouraï* de Melville, *Heat* de Michael Mann. Une cassette avait un titre rédigé à la main, *Romania / The young shepherds*, qui résonna dans sa mémoire. Elle ferma la porte de la chambre avant de glisser la cassette dans le magnétoscope ; elle coupa le son, mit les écouteurs. C'était un reportage de la BBC en version originale, avec des sous-titres en japonais.

« La foule est dense et recueillie. Au premier rang, des femmes agenouillées, depuis des heures, sous un soleil ardent ; coiffées de châles sombres, elles égrènent leurs chapelets sans interruption. Les hommes sont debout pour la plupart, les yeux rivés sur la colline où se trouvent Pietr et Lubna, respectivement sept et dix ans, les petits bergers qui tiennent les médias du monde entier en haleine depuis quinze jours maintenant.

« *Chaque matin, Pietr et Lubna ont un rendez-vous avec une dame très belle, habillée de bleu et de blanc, et dont les dents sont comme des perles et la voix douce comme le vent. Ses cheveux blonds descendent jusqu'à sa taille comme un épais manteau et ses yeux brillants ont la couleur et la douceur du ciel. C'est ainsi que les deux enfants ont décrit celle que certains spécialistes du Vatican nomment déjà la Vierge de Galitche, le village situé à soixante kilomètres de Bucarest. Cette localité de sept cent cinquante-six âmes a vu sa population décupler. Des lotissements de fortune ont été bâtis à la hâte pour héberger religieux, journalistes et curieux du monde entier.*

« *Monseigneur Chevry-Toscan, éminente personnalité du clergé français, est à Galitche pour rendre un verdict très attendu. En effet, le spécialiste de l'étude scientifique des phénomènes supranaturels a mis en branle, avec son équipe, une impressionnante batterie d'appareillages électroniques afin de déterminer s'il y a ou non miracle. À Galitche, la foule des pèlerins s'est, quant à elle, laissé gagner à la thèse miraculeuse. L'extase des jeunes bergers est devenue celle des centaines d'hommes et de femmes qui, chaque jour, gravissent une petite colline perdue dans la campagne roumaine… »*

Louise sentit un regard sur sa nuque. Elle enleva ses écouteurs, éteignit le magnétoscope.

– Je commence à m'attacher à Edmond Chevry-Toscan, lança-t-elle en avisant une paire de ciseaux à portée de main sur l'étagère. Ce type est épatant. Il a le don d'ubiquité. Il est à Paris, il est à Tokyo. Très fort. Ce que je ne comprends pas, c'est ce que tu fabriques dans cette histoire ?

Elle lui tournait toujours le dos, calculant combien de temps il lui faudrait pour atteindre l'étagère.

– Les flics vont débarquer plus vite que tu ne l'imagines, reprit-elle. Comment as-tu l'intention de m'évacuer ? Tu as un copain yakuza planqué derrière les bambous, ou bien l'intention de faire toi-même le sale boulot, et de me découper au scalpel dans la baignoire des Kamiyama ?

Elle lâchait ce qui lui passait par la tête pour se donner du temps. Elle simula l'épuisement, puis agrippa les ciseaux, plongea au sol dans une roulade et se releva pour lui faire face. Adossé contre la porte, torse nu, bras croisés, une serviette autour de la taille comme lors de leur visite à Boss Gonzo, Ken la regardait calmement.

– Je n'ai rien compris, Louise, mais je suis admiratif. Tu trouves encore l'énergie de te rouler par terre. *Sugoi*[1] !

Il se passa une main dans les cheveux en soupirant. Une ecchymose marquait son menton. Louise ne regrettait rien, ni sa riposte musclée sous la pluie, ni sa ridicule séance de guerrier ninja. Un homme capable de passer du calme zen à la crise de nerfs en quelques secondes imposait d'avoir du répondant. Pour autant, elle ne put s'empêcher d'admirer le torse aux muscles secs, la taille fine…

1. Super !

129

– Edmond Chevry-Toscan est mon client. La vidéo, tu m'expliques ?

– Je me suis renseigné sur l'évêque. Un copain journaliste m'a prêté cette cassette et des coupures de presse.

– Qui t'a dit qu'il était mon client ?

– Ève, bien sûr, et j'ai voulu en savoir plus. J'ai toujours pensé que tu l'embarquais sur un coup dangereux. J'ai eu raison.

Louise n'avait pas besoin de Ken Fujimori pour se sentir coupable. Elle aurait dû insister auprès de Michael Murat pour qu'il l'épaule ou lui trouve un professionnel. Après quelques minutes de conversation avec Ève, elle avait su qu'elle commettait une erreur en l'engageant, mais n'avait pas suivi son instinct. Le temps semblait un élément essentiel pour son illustre client, elle avait voulu se montrer à la hauteur, rapide, efficace…

– Ça ne sert à rien que je te fasse des reproches, continua-t-il en voyant son expression. Ève n'était pas quelqu'un de raisonnable.

Elle reposa les ciseaux sur l'étagère. Il lui sourit, attrapa le paquet de cigarettes qu'elle avait laissé sur le futon, alluma une blonde d'un geste sûr et rapide, et souffla longuement la fumée par le nez. Louise s'en voulait de trouver ses gestes gracieux.

– Tu m'expliques cette histoire calmement ?

Elle raconta, tentant par la même occasion de cerner les protagonistes. Florent Chevry-Toscan en jeune homme pressé de fuir son oncle puis de le voler, Yuki Mukoda en antiquaire receleuse, Jun Yoshida en fiancée endettée poursuivie par Boss

Gonzo et ses hommes, et peut-être bien Hawaï en chimpanzé vexé et bien décidé à se venger en lui collant la peur de sa vie.

– Et Jiro Yamashita dans le rôle du notable qui a quelque chose à cacher, quelque chose que savait Ève, c'est ça ?

– Probablement, répliqua Louise. Tu as réussi à joindre son patron ?

– Quand je lui ai appris la mort d'Ève, Akira a piqué une crise. Avant de me raccrocher au nez. Il prétend que tout est de ma faute.

– Il a ses raisons ?

– Il dit qu'elle s'est mise à boire et à faire n'importe quoi à cause de moi. Après son sermon, je me suis calmé les nerfs en prenant une douche. Tu devrais faire pareil.

– Pourquoi, je pue ?

– Pas spécialement, mais comme nous allons de ce pas chez les flics et qu'ils risquent de nous garder un moment…

– Je peux te demander une faveur ?

– Ça dépend.

– J'aimerais ne pas aller tout de suite à la police. Pour interroger du monde et tenter d'y voir plus clair.

Il leva un sourcil interrogatif. À la bonne heure ; elle avait imaginé une réaction plus musclée.

– Tu me demandes d'abandonner le cadavre d'Ève jusqu'à ce qu'un employé du Togo Jinja donne l'alerte ?

– Je ne te demande que quelques heures de battement. Si tu as envie de savoir ce qui est arrivé à Ève, crois-moi, c'est la meilleure solution.

131

– Tu sous-entends que l'affaire risque d'être étouffée ?

– Le docteur Yamashita n'est pas le plombier du coin.

– Le serveur du restaurant et Kamiyama-san t'ont vue, Louise.

– Ils savent qu'Ève est morte ?

– Non. Mais en les interrogeant, les flics comprendront vite qu'on aura tardé à les alerter.

– Il faut savoir prendre des risques, Ken. Surtout quand on n'a plus rien à perdre. Tu choisis.

Il la fixa un long moment. Puis hocha la tête en signe d'assentiment.

– Je peux garder le tee-shirt ? demanda-t-elle avant de passer la porte.

– Au point où on en est…

18

Florent Chevry-Toscan déverrouilla sa porte, la mine chiffonnée.

– Quelle heure est-il, bon sang ?

– Celle des révélations, lâcha Louise. Offrez-nous un café. Ça ne va pas être superflu.

Elle avait repéré la cafetière dans la cuisine américaine et se disait que pour tenir toute la nuit, il lui faudrait un remontant. Elle l'observa mettre un filtre en papier, remplir le réservoir d'eau. Groggy, il semblait sur pilotage automatique ; elle lui donna tout de même un bon point parce qu'il utilisait du café italien.

– Votre oncle m'a engagée.

La petite phrase le réveilla aussi efficacement qu'une gifle.

– Je suis détective. Il m'a chargée de découvrir pourquoi vous aviez besoin de sept millions de yens.

– Je rêve ! Je rêve éveillé. D'ailleurs vous n'êtes pas là et moi non plus.

– Une femme a été assassinée. Ève Steiner, une hôtesse de bar que j'employais pour mes filatures.

Il s'affala sur un canapé. Elle resta postée près de la cafetière. Elle n'avait jamais eu autant envie d'un bon café.

– Mon oncle utilisant les services d'une hôtesse de bar ! Vous rigolez ?

– Il n'était pas au courant. Ève Steiner m'avait été recommandée par Michael Murat.

– Ce type est un cas. Je lui avais dit de se mêler de ses affaires.

– En l'occurrence, il s'agit de celles de votre oncle.

– De quoi parlez-vous ?

– De votre trafic avec Mukoda et Yamashita. Il se trouve qu'Ève Steiner s'est fait passer pour moi auprès du médecin. Peu de temps après, on la retrouvait morte dans ma chambre.

Elle dénicha le sucre, mit trois morceaux dans son café, et le goûta avec satisfaction ; même dans les embrouilles les plus denses, les petits plaisirs de la vie n'étaient pas à négliger. Elle servit d'office Chevry-Toscan junior avant de lui expliquer que les

133

problèmes de Jun Yoshida n'avaient aucun secret pour elle.

– Votre oncle arrive dans quelques jours. Pour rembourser Gonzo. Et, à mon avis, récupérer son livre auprès de Yamashita.

Il la regarda comme si elle venait de s'exprimer en cantonais. Puis se ressaisit.

– Je crois que vous en savez plus que moi, Louise. Merci de m'avoir prévenu. Et maintenant, si vous n'y voyez pas d'inconvénients, je vais me recoucher. Demain, j'ai une ribambelle de clients à satisfaire. Des vrais, ceux-là.

– Je ne partirai pas avant que vous me parliez de Jiro Yamashita. Il a son livre, et vous l'argent. En quoi est-ce que la visite d'Ève Steiner a pu le perturber ?

– Je n'en sais foutre rien. Et contrairement à vous, personne ne me paye pour le découvrir.

– Une femme est morte, Florent. J'ai du mal à croire que ce soit pour un vieux bouquin.

– Je vous ai entendue la première fois. Et je vous le répète : je ne sais rien de plus que vous. Et puis, si vous m'aviez dit qui vous étiez au lieu de me faire votre numéro d'expatriée chic, on n'en serait pas là.

– Si vous n'aviez pas volé votre oncle, cette discussion n'aurait pas lieu.

– Vous vous barrez illico ou j'appelle la sécurité. Je suppose que si vous êtes chez moi au lieu de croupir dans un commissariat, c'est parce que vous n'avez pas prévenu les flics. Ça peut s'arranger.

Louise envisagea d'insister puis opta pour une autre stratégie. Elle lui administra un aller-retour, le plus musclé possible.

– Vous êtes cinglée !

– Non, cinglante, répliqua-t-elle en détalant. Et ce n'est qu'un début.

Les portes de l'ascenseur se fermèrent sur le visage rouge et interloqué du neveu de l'évêque. Louise traversa la rue pour étudier les fenêtres de l'appartement. Elle voyait la haute silhouette de Chevry-Toscan passer et repasser, ses grands gestes. Il menait une conversation intense au téléphone. Rien de tel qu'un peu de provocation pour accélérer le mouvement, pensa-t-elle en massant sa main endolorie. Elle héla un taxi, donna au chauffeur l'adresse du *Climax*. Un client avait oublié un horrible parapluie en plastique fluo dans la voiture ; elle décida de l'adopter.

*

Sur cette terre, ma seule joie, mon seul bonheur / C'est mon homme / J'ai donné tout c' que j'ai, mon amour et tout mon cœur / À mon homme…

La voix gouailleuse d'Édith Piaf lui pinça le cœur. Elle n'avait pas oublié les paroles d'Ève. *Akira m'aime bien… je suis sa conseillère musicale…* À croire que sa disparition ne changeait rien au petit monde du *Climax*. Les sirènes pataugeaient dans leur aquarium, les hôtesses riaient aux plaisanteries des *salarymen* imbibés, les suspensions opalescentes tournaient lentement comme des planètes trop éloignées du soleil.

Il y avait au moins un changement dans le décor. Le bar n'était occupé que par un homme, il avait pour seule compagnie une bouteille de gin et un air farouche, et sa solitude semblait faire rempart autour de lui. Quand Louise demanda au barman où trouver Akira Miura, il lui désigna le buveur solitaire. Elle s'approcha.

– Je suis Louise. Ève a dû vous parler de moi.

Tout était possible. Une explosion verbale à la Boss Gonzo, une séance de boxe à la Ken Fujimori, un rejet acide à la Chevry-Toscan junior. Stoïque, elle attendit le verdict. Akira Miura se tourna enfin vers elle. Ce qu'il vit sembla lui plaire.

– Vous en voulez ? dit-il d'une voix pâteuse en agitant sa bouteille.

Elle hocha la tête tandis que le barman, plus rapide que l'éclair, posait un verre devant elle. Miura engloutit une rasade à assommer un bœuf de rizière et claqua la langue avec un air de satisfaction forcée.

– Vous l'aimiez bien, n'est-ce pas ?

– *Ève ! Baka ! Baka ! Baka !* lâcha-t-il.

Assez d'accord avec toi, pensa Louise en attendant la suite.

– Même ma femme aimait bien la *gaijin*. Et pourtant…

Je l'ai tellement dans la peau / Qu'au moindre mot / I' m' f'rait faire n'importe quoi / J' tuerais, ma foi / J' sens qu'il me rendrait infâme…

Imperturbable, la môme Piaf continuait de mordiller les âmes avec sa voix de Lady Di à la mode des faubourgs de Paname. Personne ne comprenait les paroles mais ça n'avait aucune importance. *Je n'aime que les vieux trucs… ça me rappelle le pays… pourquoi est-ce qu'aucun homme ne veut rester avec moi ?*

– Vous aviez une histoire avec elle ?

– Depuis le début. Son arrivée ici, il y a trois ans. En plus, on était amis, vraiment.

– Qu'est-ce que vous reprochez à Ken Fujimori ?

– Ne cherchez pas. Le petit a pas tué Ève-san. Il l'aimait pas assez pour ça. Elle lui donnait des sensations. Ça doit aider quand on tourne dans des pubs sexy à la télé.

– Et Ève, elle l'aimait ?

– Elle s'est retrouvée enceinte de lui, a souhaité garder l'enfant. Il n'a rien voulu savoir. Il a réussi à la persuader qu'elle foutrait sa vie en l'air…

– Vous êtes sûr que l'enfant était de Ken ?

– Il n'était pas de moi, en tout cas. J'ai passé l'âge. Ma femme m'a déjà fait trois garçons, ça me suffit.

– Vous lui connaissiez d'autres amants ?

– Non. Ken et moi. Un jeune, un vieux, c'était bien, non ?

– Un de vos clients, qu'elle aurait repoussé ?

– Ève savait faire croire au premier venu qu'il était attirant. Elle était toujours gentille, même pour dire non. Elle les faisait rire. Ils repartaient contents. Pas de problème. Jamais.

– Qu'avait-elle appris sur Jiro Yamashita ?

– *Wakaranai*[1].

_____
1. J'en sais rien.

– Elle ne vous a pas parlé de son intention de le faire chanter ?

Akira Miura pivota sur son tabouret pour la dévisager, l'air goguenard.

– Est-ce qu'Akira a une tête de gros stupide, Louise-san ? Vous, vous n'avez pas une tête de flic. Et pourtant.

– Je suis un détective privé de la pire espèce. L'espèce teigneuse et obstinée. J'ai engagé Ève pour m'aider et elle a été massacrée. Je veux savoir pourquoi.

– Là, ça va mieux. Je sais avec qui je bois.

– Vous étiez son meilleur ami. Je ne comprends pas pourquoi elle n'est pas venue chez vous après avoir taxé Yamashita.

– On avait eu une… discussion. Ève voulait justement que je l'accompagne chez Yamashita. J'ai refusé. Des risques inutiles. La police est rapide, ici, Louise-san.

– Elle a dû vous donner une info importante, et vous n'y avez pas prêté attention. Ève parlait à tort et à travers.

– Je ne vois pas.

– Quelqu'un saurait ?

Il hésita longuement.

– Je m'étais juré de ne pas me mêler des histoires des *gaijin*…

– Miura-san, on est dans le même camp, vous et moi.

– Allez voir l'antiquaire. D'après Ève, Yuki Mukoda en connaît un rayon sur Jiro Yamashita.

Vous voulez partager un dernier verre avec Akira, Louise-san ?

– Une autre fois. Et merci pour la confiance.

En avoir un dans la peau / C'est l' pir' des maux / Mais c'est connaître l'amour / Sous son vrai jour...

– Si tu le dis, Édith, lâcha Louise en remontant l'escalier.

Il y avait au moins un bon point dans cette triste histoire : l'horrible parapluie trouvé dans le taxi était toujours dans le portant du *Climax*, et personne n'avait eu envie de le voler. C'était une chance parce que la pluie avait réussi à redoubler.

19

Louise se fit déposer devant la gare de Nippori sous des trombes d'eau. Elle ne souhaitait pas que le chauffeur de taxi puisse témoigner contre elle si la rencontre avec l'antiquaire virait au roussi ; pour la même raison, elle contourna le cimetière et son mini-commissariat. Le déluge présentait un avantage. Les curieux n'étaient pas tentés de s'aventurer dehors.

Mukoda avait tiré son rideau de fer ; le magasin était probablement protégé par une alarme. Louise scruta les alentours, aucune lumière ne filtrait des maisons avoisinantes. Elle escalada le muret, se retrouva dans un jardin minuscule, faiblement éclairé par le lampadaire de la rue. Elle longea la maison jusqu'à une arrière-cour, une porte close. Sa serrure, aussi vétuste que les pièces que l'antiquaire proposait à sa clientèle, céda vite aux assauts du précieux rossignol. Aucune alarme ne se déclencha.

Louise examina les lieux à la lampe de poche ; elle venait de pénétrer dans une salle pleine de caisses et de cartons bien ordonnés. Une odeur de soupe lui titilla les narines ; elle se surprit à saliver et se le reprocha aussitôt. Elle se glissa sans bruit jusqu'à une petite cuisine. Une femme en pyjama s'activait devant une gazinière, sa canne en appui sur une porte de placard.

– Vous aimez le *daikon*, mademoiselle ?

La voix était étonnamment grave pour une personne si fluette.

– J'adore la cuisine japonaise, madame Mukoda. Ça paraît si simple et c'est si compliqué.

L'antiquaire se retourna. Elle n'était armée que d'une cuiller en bois.

– Le *daikon* est un radis géant parce qu'il est cultivé dans des terres volcaniques. On lui prête de nombreuses vertus. À mon âge, il m'est difficile de dormir. La soupe au *daikon* et au bouillon de poulet m'y aide, parfois.

– J'imagine que Florent Chevry-Toscan vous a téléphoné. Vous savez donc qui je suis.

– Et je suis ravie de vous rencontrer, mademoiselle Morvan. C'est la première fois que je reçois la visite d'un détective privé.

Yuki Mukoda emplit deux bols, qu'elle posa sur la table. Sa jambe droite était raide, et plus courte que l'autre. Elle goûta une cuillerée de sa soupe et sembla satisfaite. Ses traits supportaient la lumière crue du plafonnier. Le nez fin, l'arc délicat des sourcils contrastaient avec une bouche charnue. Le visage empâté a dû être très beau, pensa Louise.

– Florent vous a certainement appris que j'avais retrouvé une compatriote morte chez moi. Que vous le vouliez ou non, vous êtes impliquée.

– Je suis prête à vous donner des informations, si vous oubliez de parler de moi à la police.

– Entendu.

– Vous ne mangez pas ?

Louise mangea. Mukoda la regarda faire en souriant. La soupe était délicieuse, à la fois raffinée et terrienne, et faisait presque oublier la pluie dont les salves frappaient durement la toiture.

– Cette jeune femme est passée une première fois au magasin, bien avant mon rendez-vous avec Florent Chevry-Toscan. Nous avons parlé comme de vieilles connaissances. Votre amie était sympathique, c'est tragique ce qui est arrivé.

– Ève vous a bien comprise, n'est-ce pas ?

– Oui, elle m'a demandé pourquoi je haïssais le docteur Yamashita.

– Et vous lui avez dit, juste comme ça…

– Votre amie n'aurait eu aucun intérêt à divulguer cette histoire. Elle avait besoin d'argent pour rentrer en Europe. Elle m'a proposé de mettre Jiro Yamashita à contribution.

– Une œuvre philanthropique, en quelque sorte.

– Oui, oui, c'était ce ton-là. Nous avons ri. Votre

amie ne manquait pas d'humour, c'est dommage…
Qui l'a tuée ?

– Je m'évertue à le découvrir.

– C'est quelqu'un qui ne mérite pas de vivre. Il faut toujours respecter la beauté.

– C'est ce que n'a pas fait Yamashita ?

– Jiro et moi étions élèves du même lycée. J'étais sa petite amie. Nous passions des heures à parler arts, et surtout littérature. Jiro admirait l'élégance détachée de Mishima, la passion éclatant dans les œuvres de Dazai. Nous échangions nos livres, nos notes de lecture. Mais nos familles n'étaient pas du même milieu. Nous avons décidé de nous suicider…

Yuki Mukoda sembla chercher une raison de continuer dans l'expression de Louise, puis son visage se détendit, comme si toute émotion l'avait quittée. Elle reprit du même ton serein :

– Nous avons revêtu des kimonos traditionnels et sommes allés prendre le train. Nous sommes arrivés dans une petite localité. Nous avons voyagé un temps en autobus. Jiro avait repéré un pont sur la rivière Tone. Nous avons passé l'après-midi dans un pavillon qu'utilisait un peintre pour capturer les beautés de la rivière en toutes saisons. Jiro avait appris son existence dans un roman. Nous sommes restés enlacés longtemps sur les tatamis. Il faisait chaud, comme ces derniers jours. Au crépuscule, nous avons marché vers le pont. Nous avons enjambé le parapet. J'avais peur de la force du courant, des tourbillons jaunes de la rivière. Jiro m'a réconfortée avec des extraits de poèmes qu'il connaissait par cœur. Nous avons attendu que le soleil disparaisse à l'horizon. Et nous avons sauté. Du moins, c'est ce que j'ai cru. En fait, je me suis jetée seule dans la rivière bouillonnante. Jiro avait pris peur au dernier moment. J'ai heurté un rocher, le courant m'a emportée. Mon corps me faisait l'effet d'être percé de mille aiguilles, l'eau était glaciale malgré la chaleur de l'été. Je me suis retrouvée sur une berge, dans la nuit noire, je n'entendais plus que le coassement des grenouilles, le mugissement du courant. Je ne pouvais plus bouger. Le lendemain, j'ai été découverte par un promeneur. On m'a emmenée à l'hôpital local. Mes parents sont venus me chercher, et j'ai passé plusieurs mois dans une clinique tokyoïte…

Seule une lueur dans ses yeux noirs trahissait son émotion. Louise n'avait aucune peine à imaginer son corps broyé dans les herbes de la berge, le fracas du courant et celui des illusions.

– C'est cette histoire qu'Ève a utilisée contre Yamashita ?

– Non, cette histoire est connue. Elle n'a aucune valeur, sauf pour moi.

– Alors de quoi s'agit-il ?

– Permettez-moi de garder cette carte dans mon jeu.

– Vous ne voulez pas m'aider à identifier le meurtrier ?

– Ce n'est pas Yamashita. Il n'a pas assez de courage.

– Ève lui a soutiré une somme ridicule pour un notable japonais.

– Votre amie n'était pas ambitieuse. J'ai senti que n'importe quelle somme à peu près convenable ferait l'affaire. Elle était comme moi, quelqu'un l'avait fait souffrir et elle n'avait pas réussi à oublier.

– Pourquoi fournissez-vous des antiquités à Yamashita si vous le détestez ?

– Avec moi, il ne discute jamais les prix. Et j'ai l'intention de le faire payer, et payer encore.

Yuki Mukoda sourit d'un air affable. Louise se demanda comment une femme pouvait arborer un visage aussi détendu, l'esprit obnubilé par une vengeance improbable. Elle se leva pour débarrasser la table ; Louise alla déposer son bol dans l'évier.

– J'apprécie que vous aimiez ma cuisine. Alors, je vais vous faire un cadeau.

Louise se rassit.

– Jiro Yamashita est un homme d'habitudes. Le vendredi soir, il aime que son chauffeur lui déniche une fille. Le dimanche après-midi, il déguste son golf avec quelques ténors de la presse et de l'industrie. Quand il sort d'une réunion ennuyeuse, il apprécie un détour par Kanda, le quartier des libraires, pour trouver une édition rare. Il a une prédilection pour les livres malsains, et les spécialistes se plient en quatre pour satisfaire ses besoins. Yamashita est méticuleux dans ses rituels, sauf dans un domaine…

Louise luttait contre la fatigue, l'hypnotisant rythme de la pluie.

– Il aime admirer ses collections après une ligne de cocaïne. Jusqu'à présent, il se contentait de ce plaisir défendu le dimanche soir, après le golf et les conversations matérialistes de ses partenaires du monde du pouvoir. Mais la cocaïne est une maîtresse plus exigeante qu'une jeune traînée de Shibuya. Elle ne se contente pas d'un rendez-vous hebdomadaire. Elle accapare. Or s'il y a un élément susceptible de gâcher la carrière d'un politicien, c'est bien la drogue.

Louise eut l'impression de lire l'étendue de la haine de Yuki Mukoda. Elle formait une aura rougeâtre qui flottait autour de son corps maigre et malmené. Sa voix se concrétisait elle aussi. Ses mots devenaient des nuages d'un blanc impeccable ; ils s'échappaient de sa bouche comme les bouffées de vapeur de la locomotive de Jean Gabin dans *La Bête humaine*. Elle s'entendit poser une question.

– La drogue ?

C'est tout ce qu'elle put articuler, et pourtant il y aurait eu à dire. La soupe au *daikon* était volcanique. Louise se sentit flotter au-dessus de la cuisine parfumée, rebrousser chemin à tire-d'aile. Elle retrouva l'arrière-cour battue par la pluie, sentit la main de Yuki Mukoda sur son dos. *Yuki veut dire « neige » ; ça lui va comme un gant.* La paume de l'amoureuse de Yamashita avait-elle laissé une empreinte de givre sur son dos moite ? C'est ce que Louise supposait car des frissons prenaient possession de sa peau.

Elle contourna la maison, retrouva le visage impassible de Mukoda la Neigeuse qui la fixait, postée derrière sa fenêtre. Louise n'arrivait plus à lire les expressions des gens. Et se sentait seule comme jamais. On avait coupé son cordon ombilical avec le monde, sa solitude lui apparaissait dans son intensité, pour la première fois. *Je me suis retrouvée sur une berge, dans la nuit noire… Partez plutôt au Groenland et n'en revenez jamais… L'eau était glaciale malgré la chaleur de l'été…*

Elle tambourina à la porte ou crut tambouriner, appela ou crut appeler. La pluie la transperçait, elle eut peur de fondre, de se perdre dans l'herbe du jardin. Alors elle escalada le muret, courut vers le cimetière, reconnaissable à sa barrière de brume. Les tombes et les arbres flottaient à quelques centimètres au-dessus du sol. Le cimetière était moins effrayant que la maison de Mukoda la Neigeuse, car rien n'est plus menaçant que les paroles et les yeux des vivants. Ils vous accueillent dans leur maison, à l'abri du déluge, vous nourrissent avec les effluves de leurs soupes ancestrales, mais tranchent le lien humain, comme si un sabre venait de se matérialiser entre leurs mains.

Louise avança entre les tombes, persuadée que la fréquentation des sépultures, des corbeaux et des arbres de Yanaka était plus rassurante que tout ce qu'elle avait vécu jusqu'à présent. Mais elle se trompait. Un spectre à la robe grise et au visage de craie se dressa pour flotter vers elle ; son réveil inspira ses amis. Ils se relevèrent, les uns après les autres, et tendirent leurs mains décharnées et ouvrirent leurs bouches de brouillard, et réussirent par leurs susurrements à effacer les cris des corbeaux. C'est impossible, pensa Louise au bord de la panique, personne ne sait annuler le croassement des oiseaux d'encre. La pluie s'était transformée, elle avait gagné un pouvoir. Celui de faire surgir des flots de boue, les flots de pus de la terre des défunts. Les vivants m'ont oubliée, pensa Louise, mais les morts me veulent follement. Ils vont m'emporter dans leur limon et leurs chants, et je ne reverrai jamais ma vie…

Mais une voix douce chanta à son oreille. Ses intonations cristallines couvrirent bientôt la litanie rauque des spectres. Louise vit un cube blanc flotter dans l'air ; il s'ouvrit comme une boîte, libérant un fragment de soie pâle qui ondula avec la grâce irisée d'un papillon. La soie forma des volutes qui se mêlèrent aux nuages de brume. La soie prit la forme d'un cocon tourbillonnant. Il ralentit peu à peu, et un corps émergea dans la blancheur. Celui d'une femme, aux cheveux blonds si épais qu'ils l'enveloppaient comme une toge. Les spectres se tenaient à distance, se bousculant, se chamaillant. La blondeur de la Dame de Soie les tenait en respect et ils marmonnaient à la lisière de la boue, incapables de frôler sa lumière.

– Je suis Marie de Galitche, dit la Dame, et si tu me donnes la main, je te mènerai au Royaume des élus, et tu le reverras…

– Julian ? Je reverrai Julian ?

– Tu pourras parler à ton oncle et lui dire à quel point il te manque… Donne-moi la main… N'aie aucune crainte…

Louise remarqua que la pluie ne touchait pas Marie de Galitche, la Dame de Soie. Un bouclier iridescent la protégeait.

– Approche… Julian t'attend… Il a tant de choses à te dire… C'est difficile sans lui…

Alors que Louise touchait la main blanche, une décharge lui vrilla le corps. Le visage de Marie de Galitche s'était métamorphosé. Elle était toujours d'une beauté à couper le souffle mais sa douceur avait disparu, et ses yeux avaient la froideur des abysses, et sa bouche était une menace qui voulait l'aspirer… Louise se mit à hurler, et hurler, avec une force qu'elle n'aurait jamais soupçonnée. Le chant des spectres redoubla. Alors elle hurla plus fort, elle hurla au point où ses yeux sortirent de leurs orbites, où ses dents s'échappèrent une à une de sa bouche, où ses doigts s'envolèrent comme papillons de nuit…

Elle vit une silhouette grossir. Elle ne ressemblait pas à un spectre, portait un heaume, s'agitait sur un fidèle coursier. C'est la silhouette d'un chevalier, se dit-elle. La silhouette de ce putain de prince qui ne fout pas grand-chose sur sa caravelle garée dans une bouteille. Il y a mis le temps à arriver à ma rescousse, ce crétin d'opérette…

Louise se laissa tomber à genoux et ouvrit les bras à son sauveur. *Louise ? Tu n'as pas eu de mal à me trouver, finalement. Bravo… Oui, oui, c'était ce ton-là. Nous avons ri. Votre amie ne manquait pas d'humour, c'est dommage… Qui l'a tuée ? Oui, c'est vrai, ça. Qui l'a tuée ? Pas moi en tout cas…*

*

L'agent Nakamura venait de découvrir une *gaijin* dégoulinante, à genoux au milieu du cimetière. Il s'immobilisa sur sa bicyclette blanche et étudia un peu la question. Cette fille était complètement cinglée ou défoncée jusqu'aux yeux. Il préféra rester à bonne distance, et utiliser sa radio pour appeler ses confrères. On lui avait déjà raconté des histoires de *gaijin* qui n'avaient pas pu supporter l'expatriation et avaient viré dingues. Il avait fallu les renvoyer chez eux vite fait, à coups de rapatriement sanitaire.

– Le Prince ! Le Prince ! criait Louise. Tu viens à mon secours, Prince blanc. Il était temps que tu te décides, espèce de *baka*.

– *Ara*[1] ! demanda l'agent Nakamura du *koban* de Yanaka Cemetery.

20

Le gaillard avait des cornes en or, une mâchoire en inox, portait une combinaison moulante flamboyante, affichait une posture martiale et la fixait avec des yeux à facettes de fourmi. Heureusement, une odeur de café flottait dans l'air.

Louise constata qu'elle venait de se réveiller dans un lit et un appartement inconnus, et que le super-héros cornu qui lui faisait face était un jouet de plastique posé sur une étagère au milieu d'un bric-à-brac assorti. Elle attendit que sa tête cesse de chavirer, se leva, et suivit l'arôme de café. Dans une petite cuisine, Michael Murat était assis devant un bol fumant et un journal japonais. Il lui offrit un maigre sourire.

– Qu'est-ce qui m'est arrivé ?

– Je vais te raconter ce que je sais. Tu compléteras.

Elle n'eut que la force de se laisser tomber sur une chaise et d'essayer de suivre ce qu'il lui racontait.

---

1. Mince alors !

Dans la nuit, il avait reçu un appel téléphonique en provenance du commissariat central de l'arrondissement du Bunkyoku. Un îlotier de Yanaka avait retrouvé, perdue au milieu du cimetière et du déluge, une jeune femme « sous influence », vociférant dans une langue étrangère. Elle était en possession d'un passeport français et d'une carte de visite.

– La mienne. Et c'est comme ça que j'ai réussi à te rapatrier dans mon studio. Tu as de la chance d'avoir un flic français dans tes relations. Mais maintenant, il va falloir tout me dire. Et freiner sur les conneries. J'ai dû découcher pour rester à ton chevet. Ça fait quarante-huit heures que tu délires. Je t'ai écoutée me raconter des histoires de Vierge blonde, de morts-vivants, de...

– Je ne t'en demandais pas tant, répliqua-t-elle avec quelque difficulté.

– Tu nous as fait une fièvre de cheval à force de passer tes nuits sous la pluie battante. Bon, tu m'expliques ?

J'aimerais bien, pensa-t-elle. Mais il lui semblait qu'on venait de la trépaner pour remplacer son cerveau par dix litres de sauce béchamel. Elle se voyait fraterniser avec Akira Miura au *Climax*, gifler Florent Chevry-Toscan, escalader la clôture de Yuki Mukoda pour manger sa soupe au navet géant.

– Elle n'y a pas touché, réalisa-t-elle. Mais moi, j'ai tout mangé.

Murat soupira et regarda sa montre. Il insista pour qu'elle lui décrive ses symptômes. Elle évoqua un ballet de fantômes. Et l'horrible sensation d'avoir réellement vécu cette expérience.

– Mes hallucinations me semblent plus réelles que mes vrais souvenirs, dit-elle alors qu'un reste d'angoisse lui tenaillait la poitrine.

Elle voyait encore le corps lacté de Marie de Galitche, elle entendait encore son chant doux et mélodieux, voyait s'ouvrir sa bouche…

– « Hallucinations » est bien le terme qui convient, répliqua Murat. La vieille garce t'a défoncée aux champignons hallucinogènes. Elle a pris un risque. Il y a quelques années, on les trouvait encore en vente libre. Aujourd'hui, leur détention est passible de prison. Les autorités japonaises ne plaisantent pas avec la drogue. Récemment, un type a écopé de quatre ans parce qu'il était en possession de quatre cents grammes de cannabis. Fais attention où tu mets les pieds, Louise, tu ne sembles pas…

Elle avait cessé de l'écouter. Elle avait du mal à se concentrer, et cette affaire de drogue résonnait dans sa mémoire. Il lui semblait entendre une autre voix lui raconter une histoire similaire. Mais était-ce dans la réalité, ou dans ce monde de cauchemar où elle avait séjourné une partie de la nuit ? Michael Murat lui fit un sermon formidable qu'elle écouta en silence. En gros, il lui recommandait de prendre le premier avion et de rentrer à Paris. Et de laisser travailler les professionnels.

– Dépose les clés du studio au consulat avant de quitter le Japon. Ou à l'agence France Japan Realty, c'est eux qui m'ont trouvé ce logement. Entendu, Louise ?

– Affirmatif.

Elle acquiesçait, mais en fait elle n'était pas d'accord. Elle fit un effort considérable pour énoncer sa question.

– Tu sortais de l'agence, juste au moment de mon premier rendez-vous avec Florent Chevry-Toscan. Qu'est-ce que tu y faisais, puisqu'ils t'avaient déjà trouvé ce studio ?

Il eut une expression amusée.

– J'y étais à l'ouverture, ce qui n'a rien d'étrange. D'autre part, je rends service au patron de l'agence, c'est un ami.

– Quel genre de service ?

– Il soupçonne un de ses employés d'avoir demandé une enveloppe à un client pour lui obtenir un appartement en priorité.

– Et cet employé ne serait pas Florent, par hasard ?

– Non, sinon je te l'aurais dit. Tout est clair maintenant ?

– À peu près.

Il lava son bol dans l'évier. Louise revit cette vieille renarde de Mukoda effectuer les mêmes gestes, et frissonna. Elle n'était vêtue que du tee-shirt de Ken Fujimori, il était froissé et sentait la sueur.

– Tu me prêtes un vêtement de rechange ?

Il ouvrit un tiroir, lui tendit le premier tee-shirt d'une pile. Il était imprimé d'une héroïne de manga à tête de poupée et corps de vamp bodybuildée.

– Tu as pour habitude d'emprunter leurs fringues à tes amants ?

– Pourquoi ?

– Ce kanji signifie « Ken ».

Elle n'avait pas la force de répliquer. Elle se débarrassa de son vêtement sale, enfila celui qu'il lui tendait. Il la prit dans ses bras, l'entraîna vers le lit. Elle attendit qu'il la caresse, et le repoussa avec ce qui lui restait d'énergie.

– Je croyais que ta femme t'attendait à la maison, et que j'avais un avion à prendre.

– Je ne te comprends pas, Louise. Tu couches avec moi dès le premier soir, et tu fais des histoires aujourd'hui…

– Je n'ai aucun sens des conventions. Je pensais que tu l'avais compris.

Il partit en claquant la porte. Elle se laissa tomber dans les oreillers et essaya de reprendre ses esprits. Il y avait un travail énorme à abattre. Ils s'étaient multipliés pendant la nuit et couraient la campagne ; ils guinchaient avec des fantômes, jetaient des oboles dans les sébiles de mendiants aux chapeaux-champignons, engloutissaient des potages confectionnés avec les galures de ces mêmes crève-la-faim, faisaient l'amour à d'indécis durs à cuire, repoussaient ces costauds afin qu'ils aillent retrouver leurs femmes et leurs habitudes. Qu'est-ce que tu penses de tout ça, Marie de Galitche ?

– Je suis dans le coaltar, et je suis en pétard ! lança Louise au super-héros aux yeux de fourmi. Et c'est bien la première fois, parce que d'habitude, mon garçon, je sais quoi faire de moi. Or, aujourd'hui, je m'encombre. Et puis Murat m'énerve. Il m'énerve, tu m'entends ? Je ne peux plus le supporter.

Bon, je fais la conversation à un jouet en plastique, il est temps de reprendre la barre, et de surveiller la boussole et la ligne d'horizon, se dit-elle en retournant à la cuisine. Michael Murat avait laissé la cafetière allumée. Elle contenait un demi-litre de café fort et revigorant. Elle le satura de sucre, et se força à l'ingurgiter intégralement. Elle vérifia les effets de ce traitement de choc en passant en revue le studio. Ses jambes avaient retrouvé une part de leur élasticité, et elle avait cessé de frissonner.

Le super-héros aux yeux de fourmi n'était pas orphelin : Murat possédait une respectable collection de héros de manga et de monstres en plastique. Ils débordaient de dents, tentacules, yeux globuleux, langues fourchues et écailles. Ils tenaient compagnie à une série de toiles de style contemporain. Louise se glissa sous la douche pour réfléchir aux goûts étranges de Michael Murat et à la saveur non moins étrange de l'existence.

Elle laissa le jet lui marteler la tête, les épaules, le dos. Son baquet fumant du Togo Jinja lui manquait énormément, mais elle saurait l'oublier. Au bout d'un moment, elle sentit son cerveau revenir à la vie en même temps que se diluaient pensées confuses et spectres malvenus.

Elle s'emballa dans un peignoir trop large pour elle, et appela Jean-Louis Béranger au siège de son journal. Elle écourta les débordements affectueux, mentit en déclarant que son enquête se déroulait sans incident, et lui demanda de se renseigner sur Michael Murat, en précisant qu'elle lui trouvait des goûts bien sophistiqués pour un flic. Le journaliste promit de la rappeler au plus vite. Elle s'habilla, et quitta le studio. Dans une rue commerçante, une passante lui indiqua Iidabashi, la gare la plus proche.

Jean-Louis Béranger rappela alors qu'elle se trouvait dans le train. Plusieurs passagers la dévisagèrent. Elle repéra un panneau qui interdisait l'usage des mobiles et interrompit son voyage à la station Akihabara pour poursuivre sa conversation sur le quai. Béranger lui apprit que Michael Murat avait travaillé un temps pour l'OCBC, l'Office central de lutte contre le trafic des biens culturels.

– Très bien noté par ses supérieurs. Certains le voyaient prendre la direction de l'Office. Et puis une concurrente est arrivée et a été promue à sa place. Après ça, Murat s'est expatrié au Japon. Pourquoi ce type t'intéresse-t-il tant ? demanda le journaliste d'un ton où pointait la jalousie.

– Parce que c'est un flic qui ne fait pas le flic ou fait semblant de ne pas le faire.

À quel jeu jouait Murat ? Il l'aidait, ne l'aidait plus, se mêlait de son enquête tout en s'en lavant les mains, ne la voulait plus et la désirait encore.

– J'ignore dans quoi tu t'es fourrée, ma belle, mais par pitié, fais attention à toi…

– Allô ? Je ne t'entends plus, Jean-Louis… Allô ?

Elle coupa la communication en souriant. Écourter une conversation qui menaçait de s'éterniser en prétextant une mauvaise réception était une vieille ruse qui avait encore de glorieux jours devant elle. Elle reprit son train en direction d'Asakusa, et de Ken Fujimori.

21

Avant de pénétrer chez le maître de *rakugo*, Louise avisa une paire de mocassins noirs qui n'était pas rangée dans le casier familial des Kamiyama. Elle se déchaussa et entra. Ken et un inconnu tournèrent la tête dans sa direction. La tenue et le visage d'un veuf, pensa-t-elle en détaillant le quadragénaire qui venait à sa rencontre. Il portait un costume et une cravate noirs, une chemise blanche ; ses cheveux lissés en arrière dégageaient un front haut, des sourcils fournis séparés par deux rides profondes.

– Lieutenant Hata, bureau de la police métropolitaine, annonça-t-il en anglais en tendant sa carte de visite.

Ken n'avait pas bougé. L'ecchymose sur son menton prenait une solide teinte violette, des cernes bleutés trahissaient une nuit saumâtre et une matinée du même tabac. Louise se demanda ce que le flic nippon pensait de ce beau visage de gladiateur ravagé. Était-il déjà au courant de leur bagarre sous la pluie ? Ou imaginait-il Ken Fujimori luttant avec Ève Steiner avant de lui trancher la gorge ? Hata lui demanda ses papiers ; elle montra son passeport et sa carte professionnelle.

– Votre arrivée est un soulagement, mademoiselle Morvan. Les responsables du Togo Jinja étaient inquiets de ne pas vous voir ce matin après la découverte du corps.

Le ton était courtois, l'expression concentrée. Il sortit un calepin et un stylo noirs de la poche intérieure de sa veste. Louise vit une aura bleue émaner de son corps. Les effets de la soupe hallucinogène ne s'étaient pas complètement dissipés, et elle fit un effort pour se ressaisir. Elle expliqua ses rapports avec Ève Steiner.

– Elle a rencontré le docteur Yamashita de son propre chef, sans doute pour lui extorquer de l'argent. Elle désirait rentrer en Europe.

– Mlle Steiner vous l'a dit ?

– Non, mais elle m'a avoué être lasse de son job d'hôtesse au *Climax*.

L'aura du lieutenant s'augmentait de légères pointes rouges qui froufroutaient. Louise se tourna vers Ken. Il soutint son regard. Elle vit bientôt une aura sourdre de son corps, d'un bleu plus doux que celle de Hata, et qui s'agrémentait de flammèches dorées.

– Quand et comment avez-vous découvert le corps ?

Louise raconta sur le mode chronologique, avant de revenir sur l'agression dont elle avait été victime. Hata lui demanda d'essayer de se souvenir du moindre détail concernant son agresseur.

– Il a peaufiné son numéro pour que je n'arrive pas à l'identifier. Ce qui prouve qu'il comptait me terrifier, pas me tuer.

Ses suppositions déplaisaient visiblement à son interlocuteur ; elle poursuivit malgré tout avec l'envie redoublée de convaincre cet homme rigide, aux vêtements tristes et au regard buté. Et à l'aura bleue qui virait au mauve.

– Un bandeau m'aveuglait. Il n'a pas dit un mot, l'odeur de la lampe à souder m'empêchait de sentir la sienne. Le seul contact a été tactile, celui de sa langue sur mon dos. C'est ce dernier point qui me tarabuste.

– Je vois, dit Hata avec l'air de penser tout le contraire.

– Ève a été tuée… vite et bien, si je puis dire. Je ne pense pas qu'on ait affaire au même homme. Et il n'est pas sûr que son tueur l'ait confondue avec moi. Évidemment, elle portait toujours la perruque qu'elle avait utilisée pour sa filature, et ce travestissement créait une certaine ressemblance, mais j'ai du mal…

Hata l'interrompit en lui demandant son téléphone portable. Il vérifia que l'appel d'Ève était enregistré dans la mémoire.

– Elle vous a bel et bien appelée à 22 h 47, dit-il. Mais nous n'avons pas retrouvé de téléphone mobile dans ses affaires.

– Quittant Tokyo, je suppose qu'elle avait décidé de s'en débarrasser.

– Un mobile fonctionne partout. Il suffit de changer la puce.

Louise haussa les épaules et se tourna vers Ken. Il semblait se désintéresser de la conversation.

– Avant de recevoir l'appel d'Ève Steiner, vous vous êtes promenée dans le parc de Shinjuku, puis dans les environs, reprit Hata. Y a-t-il des témoins ?

Louise parla du petit restaurant branlant sous la gare, déclara avoir pris un taxi pour se rendre au Togo Jinja.

– Vous vous souvenez du nom de la compagnie ?

– C'était une voiture noire avec des kanji jaunes sur la portière.

– La compagnie Nihonkotsu ?

– Je l'ignore. Désolée.

Hata continua de prendre des notes de l'air d'un greffier consciencieux.

– Vous m'avez dit qu'au téléphone, le ton pouvait être celui d'une femme apeurée ou ayant bu. Vous êtes sûre qu'il s'agissait d'Ève Steiner ?

– À priori, oui.

– Vous n'êtes pas certaine d'avoir perçu de la peur ou les effets de l'alcool, mais vous êtes sûre de la voix ?

– Je ne connais pas d'autre Française à Tokyo. Et je suppose que vous n'avez pas encore les relevés toxicologiques, et que vous ignorez si Ève avait bu ou pas. À mon avis, c'est la seule explication à sa présence chez moi. L'alcool a exacerbé son sentiment de culpabilité, elle a voulu se faire pardonner avant de prendre son avion. Je suppose que quelqu'un la suivait, et a trouvé que l'isolement du Togo Jinja était une aubaine.

Elle perçut sa gêne. Il était clair que Hata la jugeait trop volubile. De plus, il n'avait aucune intention de partager ses théories avec une étrangère, même pourvue d'une carte de détective.

– Pourquoi ne vous êtes-vous pas présentée à la police après la découverte du corps ?

– Je ne savais pas dans quel commissariat me rendre. J'ai préféré prévenir Ken Fujimori. Il m'a proposé spontanément d'aller à la police. C'est moi qui ai insisté pour retarder mon témoignage.

– Pour quelle raison ?

– Je me sens en partie responsable de la mort d'Ève.

Louise raconta ses rencontres avec Akira Miura, Florent Chevry-Toscan, Yuki Mukoda et Michael Murat, mais fit l'impasse sur son expérience gastronomique chez l'antiquaire. Le lieutenant lui apprit qu'il connaissait bien son homologue Michael Murat, mais souhaitait qu'elle lui communique les coordonnées de Florent Chevry-Toscan.

– Quand aviez-vous prévu de rentrer en France, mademoiselle ?

– Dans quinze jours, mais la date peut être modifiée.

– J'aimerais que vous m'appeliez avant votre départ.

– Bien entendu.

Les auras avaient disparu ; Louise en conçut presque un regret. Hata s'adressa à Ken en anglais.

– Reparlons de votre emploi du temps, Fujimori-san. Vous affirmez être passé en début de soirée chez Mlle Steiner.

– Oui, après mon spectacle. Ève n'était pas chez elle.

– Vous êtes entré dans l'appartement ?

– Oui, avec mes clés.

Hata consulta ses notes assez longuement.

– Mlle Morvan avait fracturé la serrure. Vous l'aviez remarqué ?

– Non.

– Je n'ai rien fracturé, intervint Louise. J'ai débloqué le loquet sans laisser de trace.

Hata hocha la tête, et se replongea dans la lecture de ses notes.

– Vous avez retrouvé ensuite votre ami Shigeo Watanabe.

– Oui, au *Climax.*

– Vous avez quitté tous deux le *Climax* vers 21 h 30, êtes passés chez Mlle Steiner pour l'attendre un moment. Vers 22 h 30, vous avez accompagné Watanabe-san jusqu'à la gare de Shibuya. Vous n'aviez pas votre voiture, en prévision d'une soirée arrosée. Au lieu de vous séparer à la gare, vous avez raccompagné votre ami chez lui. Pourquoi ?

– Comme je vous l'ai dit tout à l'heure, Watanabe avait forcé sur l'alcool. Il m'a demandé de lui tenir compagnie car il craignait d'être malade. Ce n'était pas la première fois.

– Eh oui, à cette heure-ci, les trains sont pleins d'hommes ivres qui rentrent chez eux. La police en sait quelque chose.

Le ton était toujours aussi calme et le regard concentré. Louise regarda Ken. Il était harassé et se contenait.

– Il s'était mis à pleuvoir. J'étais aussi bien dans le train pour patienter avant de retourner chez Ève.

– À ce moment-là, vous étiez inquiet ?

– Louise Morvan est quelqu'un de sensé. Je me suis dit que si elle cherchait Ève partout c'est qu'il y avait un problème.

Hata hocha la tête, l'air approbateur.

– Vous prenez donc la ligne Yamanote jusqu'à Shinagawa et vous raccompagnez Watanabe-san à son domicile. Il habite à dix minutes de la gare. Il vous offre un verre. Vous prenez le dernier train, puis le dernier métro pour Asakusa. Vous arrivez chez vous vers minuit trente. C'est bien ça ?

– C'est bien ça, lieutenant.

161

– Bien, il me reste à vérifier ces éléments avec Watanabe-san. Et avec votre logeur.

Hata se leva, rangea son calepin et son crayon dans sa poche. Ken et Louise le suivirent jusqu'au vestibule. Il commença à se rechausser, et s'interrompit.

– Ah, j'oubliais un détail, Fujimori-san. Vous venez d'affirmer que Mlle Morvan était une personne sensée, ce qui me semble tout à fait le cas. Par conséquent, pourquoi vous êtes-vous bagarré dans la rue avec elle, hier soir ?

Hata ressortit son calepin de sa poche et le consulta :

– Des témoins sont allés au *koban* proche de votre domicile, reprit-il. Pour rapporter une altercation entre une personne dont la description correspond à Mlle Morvan et vous. En tant que *rakugoka*, les riverains vous connaissent.

– Louise m'a annoncé la mort d'Ève. À ce moment-là, j'ai pensé qu'elle l'avait entraînée dans une sale histoire. Maintenant, je sais qu'Ève avait pris des initiatives fâcheuses.

– Fujimori-san, Morvan-san, je vais vous poser une question indiscrète mais qui a son importance. Vous me pardonnerez. Êtes-vous amants ?

– Non, dit Ken en jetant un rapide coup d'œil à Louise.

– Merci infiniment. Nous restons en contact. *Mata* ne[1] ?

– À bientôt, Hata-san.

---

1. À bientôt, n'est-ce pas.

Le lieutenant enfilait enfin ses chaussures lorsque arriva le maître de *rakugo*. Ils se lancèrent dans une grande conversation.

– Qu'est-ce qu'ils se racontent ? demanda Louise.

– *Shifu*[1] a été cambriolé il y a un mois. On a volé une boîte qui contenait un peu d'argent et surtout des bijoux appartenant à sa femme. Hata, qui est au courant du vol, lui demande des nouvelles.

– Ils ont l'air ravi et toi aussi.

– Il y a de quoi. Kamiyama-san vient de dire au lieutenant qu'il a retrouvé la boîte et son contenu derrière la machine à laver. Hata pense qu'un des enfants du *shifu*, ou un gamin du voisinage, a pu la faire tomber et l'oublier. Voilà au moins une histoire qui finit bien.

– Tu pourrais t'en servir pour un sketch de *rakugo*.

– J'y songeais.

Louise demanda à Ken la permission de s'accorder une sieste sur son lit. Les effets de sa nuit blanche s'amplifiaient, et elle éprouvait le besoin de réfléchir au calme. Cette histoire de boîte volée en avait fait émerger une autre. Elle se revoyait dans le cimetière de Yanaka, sous la pluie, entourée par des ombres. Une boîte lumineuse surgissait devant elle…

---

1. Formule honorifique pour désigner un maître avec une connotation paternelle.

22

Nikko Thomson revêtit son kendogi[1], noua son armure, ses gantelets et enfila son casque. Son beau-père s'entraînait seul, dans le dojo faiblement éclairé par la lumière du jour filtrant à travers le vasistas ; son sabre lançait des éclairs d'argent dans la salle aux lambris de bois. Hideo Kaneda était dans une forme impeccable malgré ses soixante-douze ans. Son style alliait rapidité, souplesse, détachement ; des qualités que bien des jeunes frimeurs ne posséderaient jamais. Je devais avoir dix ans quand tu m'as donné ma première leçon de kendo, pensa affectueusement Nikko alors que son vieux maître terminait son *kata*. Il y aurait bientôt une compétition internationale au Budokan, la grande salle d'arts martiaux de Tokyo. Hideo y était convié comme tous les maîtres tokyoïtes pour une démonstration. C'était l'occasion unique de voir des combats avec un *katana*, un sabre d'acier, et non pas un *shinai* de bambou.

Nikko était le seul partenaire avec lequel Hideo acceptait de combattre au *katana* ; Nikko était fier de cette confiance. Il le sortit de sa housse et le fit tourner un instant dans le puits de lumière. C'était une pièce unique, forgée par un maître armurier de Sagamo, et gravée à son nom. L'équilibre et le tranchant étaient parfaits, la poignée élégante avec ses rehauts de nacre. Quelquefois, Nikko avait l'impres-

1. Tenue de kendo, l'escrime japonaise.

sion que son sabre était un prolongement de lui-même.

Hideo lui demanda s'il était prêt. Les deux hommes se saluèrent et commencèrent leur entraînement.

*

Le téléviseur marchait en sourdine. On entendait les cris des enfants que Hideo entraînait dans le dojo du rez-de-chaussée. Nikko était assis en tailleur sur les tatamis, face à sa mère qui venait de lui servir un bœuf sauté qui grésillait sur sa plaque de fonte. En l'absence de Hideo, Kiong-Hok s'obstinait à parler coréen même si Nikko lui répondait en japonais. Elle avait été si heureuse pour lui quand il était entré au service de Jiro Yamashita ! Chaque fois qu'il passait la voir, elle ne pouvait s'empêcher de lui demander des nouvelles de sa vie à Yanaka avec son impressionnant patron. Nikko lui dépeignait toujours la situation sous le meilleur jour.

Des coups répétés retentirent en provenance de la chambre de Rai. Le frère cadet veut manger lui aussi, pensa Nikko en regardant sa mère filer à petits pas vers la cuisine, préparer un plateau-repas et revenir le glisser par la chatière. C'était elle qui avait eu l'idée de scier une ouverture dans le bas de la porte. Le battant se souleva, les mains de Rai agrippèrent le plateau.

– Comment va-t-il ? demanda Nikko.

– Toujours pareil, répondit tristement sa mère.

Mais elle se reprit aussitôt. Elle sourit et repartit dans son bavardage. Tout en lui répondant, Nikko faisait le calcul. L'automne prochain, cela ferait cinq ans que Rai s'était enfermé dans sa chambre, avec pour seule compagnie ses mangas et son Internet. Comme plusieurs milliers de jeunes Japonais, Rai préférait vivre reclus plutôt que d'affronter la vie extérieure. Il avait choisi de vivre dans un monde virtuel, dénué de compétition et de stress. Nikko avait essayé de le raisonner, sans succès. Il lui arrivait encore de glisser des cadeaux par la chatière, mais il n'essayait plus de convaincre Rai de communiquer.

Un jour, Yamashita avait questionné Nikko au sujet de sa famille. Il n'ignorait pas que sa mère l'avait eu avec un soldat américain, reparti depuis longtemps dans son pays, et qu'elle s'était remariée avec le vieux Hideo Kaneda. Mais jusqu'alors, Yamashita n'avait jamais questionné Nikko au sujet de son demi-frère, le fils de Kiong-Hok et de Hideo.

– Mon frère vous plairait, s'était entendu répondre Nikko à son patron.

– Et pourquoi donc ?

– C'est un fantôme.

Et il lui avait raconté toute l'histoire. Comment Rai était revenu un jour de l'école, pâle et mutique. Il était resté couché plusieurs jours en prétextant une grippe. Et n'était plus sorti de sa chambre. Hideo était allé voir ses professeurs ; ils lui avaient expliqué à demi-mot que son fils avait été chahuté par certains camarades. Hideo avait compris que ces charmants garçons n'avaient laissé aucune chance au « bâtard de la Coréenne ».

Yamashita avait bien aimé cette histoire. Il avait voulu en connaître les moindres détails. La dernière fois que Nikko avait vu cette expression dans ses yeux, ça avait été au moment où Yamashita comptait acheter l'âme d'un Chinois mise en vente sur le Net. Il avait participé aux enchères jusqu'à ce que le site juge l'affaire immorale et supprime l'offre.

Nikko tendit l'oreille. Le présentateur de la NHK évoquait la visite du Premier ministre en Corée du Sud. Il enchaîna sur les élections. Nikko reconnut l'un des pontes du LDP, un type avec qui Yamashita avait dîné à Ginza tout récemment. La politique commençait à le gaver, Nikko décrocha un moment.

« … Ève Steiner, citoyenne française de 26 ans, hôtesse de bar. Son corps a été découvert hier dans la nuit, au sanctuaire Togo, dans le district de Shinjuku à Tokyo… »

Le visage bordé de courts cheveux blonds occupait l'écran. Nikko agrippa la télécommande et monta le son. Le journaliste interrogeait l'employé d'un sanctuaire qui hochait la tête d'un air navré, puis la caméra explora la chambre.

« … là résidait Louise Morvan, de nationalité française elle aussi, détective en mission, actuellement interrogée par la police… »

Nikko Thomson redescendit dans la courette pour utiliser son mobile sans que sa mère l'entende. Il dut se lancer dans des palabres avant d'obtenir le bon correspondant.

– Vous connaissiez cette fille, la blonde ? demanda-t-il en japonais.

– C'est vous qui étiez en charge. Ce n'est pas satisfaisant.

– Attendez une minute !

– Je ne peux rien pour vous. Quittez le pays.

– On ne bouge pas. Il ne se passera rien.

– C'est un conseil. Partez aux États-Unis, Thomson. Après tout, vous êtes plus de là-bas que d'ici…

– Ce qui est arrivé arrange peut-être vos affaires. Et ils n'ont rien sur vous, ni sur moi.

– Trop de désordre.

– Ça ne veut rien dire.

– Vous n'êtes plus chez vous au Japon. C'est cela qu'il vous faut comprendre. Mes amis peuvent vous persuader…

– Il faudra qu'on parle, vous et moi. Vous ne pouvez pas faire autrement…

L'homme avait raccroché. Nikko referma la coque de son portable. Il perçut un mouvement, leva la tête. Depuis la fenêtre de sa chambre, Rai le regardait fixement, son visage pâle et creux comme celui d'un spectre. Il disparut derrière son rideau tiré. Nikko s'accroupit en resserrant ses bras autour de ses genoux, et demeura immobile, les yeux dans le vide. À quelques mètres de lui, les jeunes *kendoka* s'en donnaient à cœur joie.

23

Louise fut réveillée par le crépitement de la pluie. Elle s'extirpa du futon, le corps encore douloureux. Elle croisa le regard de Ken. Installé près de la fenêtre, il était immobile, la tête reposant contre le mur, les jambes croisées sur les tatamis.

– Qu'est-ce que tu fais ?

– Je te regarde dormir.

– Pourquoi ?

– Par envie.

– De quoi ?

– De dormir, comme toi.

Elle s'étira, il ne la quitta pas des yeux. Elle n'arrivait pas à lire son expression.

– J'ai bien cru que ce flic ne nous lâcherait jamais.

– Ne te plains pas, soupira-t-il. Hata m'avait interrogé pendant deux bonnes heures avant ton arrivée.

– Tu as appris ce qu'Ève avait sur Yamashita ?

– Si Hata le sait, il n'est pas du genre à me le révéler.

Louise resta silencieuse, semblant méditer.

– Le pire, finit-elle par dire, c'est que je connais peut-être la vérité. Ou du moins une partie.

– Comment ça ?

– J'ai rencontré Yuki Mukoda. Elle m'a raconté sa vie. Et puis, elle a récupéré l'histoire. Comme si elle me fermait au nez un livre passionnant.

Louise raconta ce dont elle se souvenait. Ken l'écouta avec une attention redoublée. S'il accorde tant d'intérêt à mes paroles, c'est qu'il pense à un recyclage, supposa-t-elle, l'imaginant en kimono, bien campé au milieu de la scène et captivant son public avec la fable de la vieille antiquaire de Yanaka et de sa soupe au *daikon*.

– C'est bien la première fois que j'entends parler d'une détective amnésique, dit-il, l'air inspiré.

Louise se souvint de la confidence d'Ève. *Ken aime une chose par-dessus tout. Son boulot. Et la personne la plus importante dans sa vie est Kamiyama-san, son maître de* rakugo.

– J'ai besoin de quelqu'un pour m'aider.

– Je suis pris par un tournage. Va au parc de Komazawa, en banlieue ouest. Kazu, un copain saxophoniste, y répète tous les soirs, jusque tard dans la nuit.

– Même sous la pluie ?

– Je crois.

*

Louise prit le métro jusqu'à Shibuya, puis la ligne ferroviaire Toyoko en direction de Jiyugaoka. Un taxi la déposa sur l'avenue Komazawa. Elle marcha quelques minutes dans un quartier résidentiel puis trouva un sentier qui s'enfonçait dans le parc. Un peloton de coureurs passa sur l'allée de bitume où étaient balisées des pistes de course éclairées par des lampadaires. La pluie ruisselait sur les visages ; ils hurlaient à l'unisson, au rythme d'une foulée énergique.

L'allée dessinait une courbe bordée d'arbres denses et sombres. La plainte cuivrée se fit entendre sur sa droite. Louise s'avança jusqu'à une aire de pique-nique. Kazu jouait *Night in Tunisia* les yeux fermés, un foulard bleu serré sur sa tête comme un pirate, debout sous une bâche en plastique tendue sur des piquets métalliques. Il la vit qui le regardait. Il continua, cambrant les reins. Le saxophone lançait des flèches de lumière sous la lune. Quand il reprit le thème, elle fredonna. Il s'arrêta et lui sourit.

– Ken Fujimori m'a dit que vous pourriez m'aider.

Elle lui tendit une enveloppe contenant de l'argent, lui montra la photo de Yuki Mukoda enregistrée dans son téléphone mobile, et lui indiqua son adresse à Yanaka. Kazu compta les billets, d'un air joyeux.

– Vous êtes une fée, c'est ça ?

– Je suis détective. Suivez cette femme pour moi demain, et appelez-moi sur mon mobile. Voulez-vous ?

– Qu'est-ce qu'elle a d'intéressant, cette dame ? Elle trompe son mari ?

– Non. Elle trompe son monde. C'est plus grave.

Il restait dubitatif. Elle prit le temps de lui donner plus de détails.

– C'est d'accord. Je marche. C'est quoi, votre nom ?

– Louise.

– Imprononçable, mais joli.

– Merci. À bientôt, au téléphone.

Kazu glissa l'enveloppe dans son blouson et reprit le thème sur un tempo plus lent.

Louise s'éloigna, marchant au rythme de la musique. Au bout du sentier, l'allée principale, déserte à présent, longeait un stade bordé de hautes

171

grilles. Les phrases du saxophone lui parvenaient étouffées, alors qu'elle avançait, le parapluie en bouclier inopérant. Quand elle le releva pour se repérer, elle vit un pont surplombant l'avenue Komazawa. Et deux hommes attendant sous des parapluies. L'un portait une casquette de cuir, l'autre avait choisi une tenue moins bariolée que la dernière fois. Louise avait reconnu les *chimpira* de Boss Gonzo. Elle partit en courant, s'engouffra dans l'escalier qui liait le pont à l'avenue. Elle dérapa, se rattrapa à la rambarde. Ils étaient déjà derrière elle. L'un d'eux l'agrippa par sa veste. Elle chuta sur les marches glissantes, protégea son visage de ses bras. Mais les coups ne vinrent pas. Elle les entendait lui parler, le ton de leur voix n'était pas aussi vindicatif que prévu. Hawaï lui fit signe de se relever.

Il héla un taxi sur l'avenue, donna au chauffeur une adresse. Louise capta le mot « Asakusa ».

*

Cette fois, Boss Gonzo était sorti de son bain. Installé dans un énorme fauteuil qui avait l'allure d'un siège d'avion de première classe, vêtu d'une tenue de jogging jaune citron, une serviette-éponge vert pomme nouée autour de la tête, il fumait un cigare qui avait l'air d'excellente qualité. Une jeune femme était occupée à lui masser les pieds. Il dégusta quelques bouffées de son cigare, puis se lança dans une longue tirade de sa voix de stentor habituelle. Difficile de savoir s'il était en colère ou simplement bien réveillé. Louise ne saisit que le mot « Yamashita ».

Boss Gonzo donna un léger coup de pied dans l'épaule de sa masseuse, qui leva la tête vers Louise. Elle reconnut la naïade au couteau de plongée fixé à la cheville.

– Boss Gonzo sait qu'une *gaijin* a été tuée, dit la jeune femme dans un anglais hésitant. Il n'est pas content. Des problèmes avec les *gaijin*, pas bon pour le business.

– Je comprends son point de vue, répliqua Louise. Et je suppose que le lieutenant Hata vous a déjà rendu visite. Il ne faut pas se fier à ses airs de corbeau dépressif, c'est un coriace, et un patient.

La fille traduisit. Boss Gonzo resta immobile un moment, comme en arrêt sur image, et éclata d'un gros rire sonore. Louise se tourna vers Hawaï et Rappeur, au garde-à-vous dans le fond de la salle. Ils ne partageaient pas l'hilarité de leur patron ou n'y étaient pas autorisés. Louise estima que la meilleure politique était de jouer cartes sur table. Elle expliqua que le docteur Yamashita avait acheté à Florent Chevry-Toscan un livre ancien que celui-ci avait dérobé à son oncle.

Boss Gonzo l'interrompit en levant son cigare. Il le maintint en l'air un moment, puis posa une question.

– Boss Gonzo veut savoir combien vaut ce vieux livre.

– Si j'ai bien compris, le montant de la dette de Jun Yoshida.

Boss Gonzo se frotta la nuque d'un air perplexe et lâcha une de ces salves dont il avait le secret.

– Boss Gonzo dit qu'il va peut-être cesser de faire le yakuza et devenir libraire. Ça a l'air rentable, et c'est moins fatigant.

Louise reprit son récit. Une amie du patron du New Japan, l'antiquaire Yuki Mukoda, avait joué les receleuses puis les intermédiaires, permettant à Florent de rembourser sa dette. De son côté, l'évêque comptait venir à Tokyo récupérer son livre. Tout aurait pu se dérouler sans anicroche si Ève Steiner, employée pour filer Florent, n'avait pas décidé d'extorquer de l'argent à Yamashita. Personne ne savait ce qu'elle avait appris de monnayable mais son initiative lui avait sans doute coûté la vie. Elle avait été retrouvée égorgée dans le sanctuaire shinto de Harajuku, qui était justement le pied-à-terre déniché par l'évêque pour loger son enquêtrice mandatée depuis la France.

– Après tout, vous n'êtes que le créancier dans cette histoire. Mais il se trouve que j'ai été agressée par un inconnu, quelques heures avant l'assassinat d'Ève. Et au même endroit. Ça a intrigué Hata.

Boss Gonzo se fit répéter la traduction. Puis il dévisagea Louise avec un air d'incompréhension totale. Elle se tourna vers Hawaï.

– Vous savez bien que je me suis interposée quand vos hommes s'en sont pris à Jun Yoshida, la fiancée de Florent.

Et alors ? lut-elle sur le visage de Boss Gonzo lorsque la masseuse eut fini de traduire.

– Votre *chimpira* a voulu me donner une leçon.

Elle raconta son agression dans le détail. Le ligotage, la flamme léchant la peau au millimètre près, et la dédicace : « *mesu* ».

Boss Gonzo faillit s'étouffer de rire. Bientôt la masseuse fut gagnée par l'épidémie et se mit à glousser, Hawaï et Rappeur se joignirent à la fête. Louise croisa les bras et attendit que meurent les derniers hoquets. Gonzo essuya une larme et lâcha une nouvelle bordée sur un ton joyeux.

– Le Boss adore ton histoire, Morvan-san. Il dit que tu lui plais. Tu le fais rire.

– J'en suis ravie.

– Mais il ne voit pas de quoi tu parles. Ses hommes font ce qu'il leur dit, pas plus. Et Boss Gonzo n'a jamais ordonné à son *chimpira* de t'écrire *mesu* sur la peau. Mais il aime bien l'idée, et pense qu'il pourra peut-être l'utiliser un jour.

*

Elle inspecta le placard, le dessous du lit, retourna sur ses pas vérifier qu'elle avait verrouillé la porte du studio de Michael Murat, et mit la chaîne de sécurité. Elle croyait Gonzo quand il lui affirmait que Hawaï n'était en rien responsable de son agression. Elle avait commis une erreur en tirant trop rapidement des conclusions, en évitant d'affronter la réalité. Il lui faudrait désormais redoubler de prudence.

Elle fouilla les placards de la cuisine, trouva de la camomille et se fit une tisane en espérant qu'elle l'aiderait à trouver le sommeil. Mais le rituel qui fonctionnait si bien dans son enfance n'eut pas

l'effet escompté. Elle feuilleta un manga abandonné sur une étagère, une aventure érotique peu-
plée de jeunes femmes en kimono exprimant une
sexualité débridée et imaginative dans des décors
aussi raffinés qu'exotiques, lesquels n'étaient pas
sans évoquer la belle demeure de Jiro Yamashita.
Une littérature que l'épouse de Michael Murat ne
devait pas apprécier. Le dessinateur avait un trait
énergique et élégant, détaillé aussi. Louise réalisa
qu'elle arrivait à comprendre l'essentiel de l'histoire à défaut du contenu des bulles.

Son entretien avec le politicien lui revint à
l'esprit. Il faut aller au-delà des mots échangés,
pensa-t-elle, et s'intéresser aux images ; on les
comprend parfois mieux sans le son. Jiro Yamashita
prétendait avoir acheté son livre à Florent Chevry-
Toscan, or il l'avait sorti d'un sac en papier
imprimé d'un logo. Il représentait un homme en
yukata lisant sous un arbre en fleur. Ce n'est peut-
être qu'un fil très maigre, se dit Louise, mais je le
suivrai dès demain matin. Elle utilisa son téléphone
mobile pour surfer sur le Net, apprit que le quartier
des librairies d'occasion était Kanda, et que c'était
le nom d'une station de la ligne Yamanote.

24

La pluie avait décidé d'une trêve, et l'été oubliait
ses airs de mousson. À la gare d'Iidabashi, Louise

prit la ligne Chuo, changea à Akihabara pour récupérer la Yamanote. Arrivée à Kanda, elle décida de démarrer sa recherche dans un périmètre délimité par les avenues Sotobori, Chuo et Kandaheisei. La tâche n'était pas mince ; les librairies s'épanouissaient comme des champignons dans l'entrelacs des ruelles ensoleillées.

La chaleur montait graduellement en puissance ; elle s'acheta un thé glacé dans un distributeur. Cette pause lui permit de repérer une papeterie qui lui donna une idée. Elle y fit l'acquisition d'un calepin et d'un feutre fin. Elle s'y reprit plusieurs fois mais réussit à restituer le logo qui l'intéressait. Elle entra dans une épicerie, puis une poste, montra sans succès son dessin à une kyrielle d'employés et de commerçants.

Elle finit par pénétrer dans une petite librairie. Son vieux propriétaire étudia le lecteur en *yukata*, se lança dans une longue tirade. Comprenant que Louise n'entendait rien à la langue nippone, il lui fit signe de le suivre. Les trottoirs n'étaient qu'une mince bande de macadam volée à la chaussée, délimitée par un trait blanc ; ils marchèrent longtemps l'un derrière l'autre, passèrent sous une voie rapide surélevée. Le vieil homme désigna un immeuble fatigué de quatre étages, en briques marron, coincé entre un temple à la lourde toiture de tuiles et un building élancé de verre et d'acier. Une librairie occupait le rez-de-chaussée ; sur son enseigne patinée, Louise reconnut le lecteur tranquille. Elle remercia chaleureusement le vieil homme et pénétra dans la librairie en faisant tintinnabuler une série de clochettes argentées. Le libraire était assis derrière un bureau, le visage tourné vers l'écran de son ordinateur.

– *Irrashaimase!*

– Bonjour, votre librairie m'a été conseillée par le docteur Yamashita…

Le libraire ne put réfréner un mouvement de recul.

– Il vous a acheté un ouvrage intitulé *Ad majorem Dei gloriam.*

– *Wakaranai! Sumimasen*[1], s'écria-t-il en agitant une main devant son visage.

Louise composa le numéro de téléphone de Ken Fujimori. Il répondit au bout de la deuxième sonnerie. Elle lui expliqua où elle se trouvait et pourquoi.

– Tu rêves, Louise. Ce libraire n'acceptera jamais de me parler d'un de ses clients. Qui plus est au téléphone.

– Et si tu essayais quand même ?

Ken poussa un gros soupir et accepta. Louise tendit le téléphone au libraire dont le visage de supplicié valait bien ceux des martyrs d'*Ad majorem Dei gloriam.* Il se lança dans une longue conversation, mais Louise eut l'impression qu'elle comportait surtout des répétitions et des formules de politesse. D'ailleurs l'homme finit par saluer, l'oreille collée au téléphone, comme si Ken était en chair et en os dans la librairie. Il rendit son portable à Louise et s'essuya le front avec un mouchoir en papier.

– Alors ?

1. Je ne comprends pas. Excusez-moi.

– Il m'a envoyé paître très poliment. Mais sa réaction est éloquente. Il est évident que c'est ce libraire qui a vendu son bouquin à Yamashita. Bien joué, Louise. Au fait, au cas où ça t'intéresserait, sache que le lieutenant Hata est revenu me voir. Il m'attendait à la sortie du théâtre. Il a même assisté au spectacle.

– Que voulait-il ?

– Vérifier quelques petits détails. En gros, me presser le citron. Il a accordé le même traitement à Watanabe. Avec tout ça, je suis en retard pour un casting. Si tu n'y vois pas d'inconvénient…

Et il avait raccroché. Le libraire faisait mine de l'avoir oubliée, se passionnait pour des listes qui défilaient sur son écran. Il la salua d'un rapide hochement de tête alors qu'elle quittait la librairie dans la musique liquide du carillon argenté.

– Je crois qu'on progresse, dit-elle à un vélo accroché à une rambarde de fer par un antivol.

Elle traversa la rue, se posta derrière un kiosque à journaux qui offrait une vue dégagée sur la librairie. Elle vit bientôt le libraire téléphoner d'un air embarrassé ; elle n'eut aucun mal à imaginer le docteur Yamashita dans le rôle de l'interlocuteur. Elle entra dans un café qui donnait sur la voie express, serpent de ciment lépreux trouant les rangées de buildings à l'aspect de blockhaus. Une paire de masures en bois et tôle ondulée faisaient de la résistance dans le paysage de béton sale. On était loin de l'ambiance campagnarde de Yanaka, ou de celle, bucolique, de la ruelle abritant la maison du maître de *rakugo*. Elle eut une pensée fugitive pour ses amis du *Clairon des Copains*. C'était le petit matin en France, pépé Maurice devait prendre son café accoudé à son vieux comptoir de cuivre et lire les nouvelles avant l'arrivée de Robert et des premiers clients.

Elle jugea qu'il était temps de prendre rendez-vous avec Jiro Yamashita. Il avait dû la trouver bien distrayante ; elle se souvenait de son regard mi-fiévreux mi-amusé alors qu'elle découvrait la précision clinique des illustrations d'*Ad majorem Dei gloriam*. Elle composa le numéro d'Edmond Chevry-Toscan, il répondit dès la deuxième sonnerie. Comme Ken précédemment, se dit-elle en se reprochant de penser trop souvent à l'intrigant *rakugoka*.

– Je viens aux nouvelles, monseigneur.

– Mademoiselle Morvan, j'allais justement vous appeler.

Le ton était nettement plus jovial que lors de leur dernière conversation.

– J'arrive à Tokyo dans deux jours. Florent est prévenu, bien entendu. Je souhaiterais que vous m'organisiez un entretien avec le docteur Yamashita.

– Pour essayer de récupérer votre livre ?

Elle avait réussi à gommer toute trace d'ironie de sa voix.

– Je serai descendu à l'hôtel *Okura*. L'abbé Courrère vous rappellera pour notre rendez-vous. Entendu ?

– Entendu, monseigneur.

Elle raccrocha avec un sourire. L'évêque domestiquait le mensonge et maîtrisait l'art de l'esquive, un talent indispensable dans sa sphère professionnelle. Elle téléphona à Jiro Yamashita. Le politicien prétendit être ravi de faire bientôt la connaissance de l'évêque et accorda un entretien pour mercredi prochain.

– Je le recevrai à Yanaka, vous êtes la bienvenue, mademoiselle Morvan.

– Comptez sur moi.

25

Pour le public chic attroupé ce samedi soir au *Blue*, une boîte-galerie d'art du quartier de Roppongi, les Tokyo Tough Boys battaient tous les records de créativité. Pour Nikko Thomson, deux êtres emballés dans une bâche transparente et serrés comme des fœtus monstrueux, frères jumeaux suant et souffrant, au bord de la suffocation, n'étaient qu'un duo d'attardés mentaux à qui le goût de la provocation était monté à la tête. Florent Chevry-Toscan avait l'air d'apprécier le numéro des performeurs.

Il fallait subir les assauts d'une musique répétitive dont la partition avait dû demander au moins dix minutes de travail à son compositeur. « Connaissez-vous le poulet emballé sous vide ? » déclarait un jeune homme grand, beau et presque nu, qui tenait son micro dans une pose lascive. Vêtu d'un pagne christique, d'une paire de gants de ménagère rouges, et le corps constellé de paillettes, il expliquait la démarche de son groupe à un public gagné d'avance si l'on se fiait aux mines ravies des spectateurs. Pourquoi un type à la plastique irréprochable perdait-il son temps à de telles niaiseries ? Nikko avait presque envie de lui retravailler le portrait.

– Nous aimons le risque. Nous le revendiquons, poursuivait le jeune Tough Boy. Un jour, pour un show télévisé, Tetsuya, le plus fou d'entre nous, a avalé un piranha. En principe, le poisson devait ressortir par les voies naturelles, mais il sembla vouloir s'attarder. Tetsuya a pris des laxatifs, il a vomi. Il ne pouvait pas dire si le sang était le sien ou celui du poisson. Quelques mois plus tard, lors d'une radioscopie, à un médecin qui l'interrogeait à propos de marques étranges sur son estomac, Tetsuya a répondu avec simplicité : « J'ai été mordu par un piranha. »

L'histoire faisait un tabac. À la droite de Nikko, trois filles hilares, bien que vêtues de longues robes noires de veuves siciliennes, tombaient dans les bras les unes des autres avec des hoquets voluptueux. Des spectateurs sifflaient debout et applaudissaient à tout rompre chaque réplique du jeune homme scintillant qui, encouragé, racontait à présent comment un certain Hashimoto s'était brûlé l'anus en voulant jouer au plus malin avec la flamme d'un cierge maintenu entre ses chevilles.

– Et si on allait dans un endroit normal ? suggéra Nikko à Florent.

– Ça ne te plaît pas ? Les filles sont jolies.

– Je préférerais un karaoké.

– Tu es sûr que ce n'est pas du décapant pour moteur ?

– Tu rigoles, Nikko, ou quoi ? C'est du cognac de quinze ans d'âge. J'ai commandé ce qu'il y a de mieux sur la carte.

– Je crois que je préfère la bière.

– Avant c'était trop sophistiqué, maintenant pas assez. Tu veux te prendre une cuite, oui ou non ? Au fait, tu ne m'as toujours pas dit pourquoi.

– Il faut avoir une raison ? répliqua Nikko en avalant une lampée de cognac.

– Moi j'en ai une. Mon oncle arrive dans deux jours.

– L'évêque ?

– Qui d'autre ? Bon, tu bois ou quoi ? Tu as peur de rouler par terre le premier ?

– Je tiens bien l'alcool.

– Aucun Japonais ne tient bien l'alcool. Vous avez un problème d'enzyme.

Nikko, jusqu'alors occupé à détailler la fille en cuissardes et minijupe installée à la table voisine, concentra toute son attention sur Florent Chevry-Toscan. Il avait failli répliquer qu'il n'était pas japonais. Mais c'était difficile de l'affirmer, comme de déclarer le contraire, d'ailleurs. La conversation de ce type était agressive. Il avait beaucoup de conseils à donner mais peu à recevoir. Mais était-il si différent des autres Occidentaux ?

– Tu ne t'es jamais demandé pourquoi vous étiez bourrés en un temps record ? Prends n'importe quel spécimen du Middle West ou du fin fond du Pérou. Demande-lui de provoquer un Nippon de base en duel alcoolique. Le Japonais roule sous la table dès le premier round. Sans problème. C'est génétique.

– Tu crois ?

– Dans vos estomacs, les enzymes, molécules bio-chimiques qui cassent les aliments pour les rendre assimilables par le corps, dégradent insuffisamment l'alcool. On a l'impression que vous êtes pleins comme des outres. Pas du tout. Deux whiskies et c'est Nagasaki.

Nikko fit mine d'approuver puis effectua une légère rotation pour régaler ses pupilles mais la beauté charnue avait disparu. La musique déboula comme une vague poisseuse, ruinant toute velléité de conversation, et les lumières se mirent à clignoter de plus belle. Il soupira d'aise : la fille venait de s'installer derrière le micro et tenait par la main une camarade presque aussi gironde qu'elle. Elles se mirent à onduler et à claquer des doigts. Elles mas-sacrèrent *New York, New York* avec un bel entrain, tentant, sur le final, un lancer de jambes à la Liza Minnelli.

– Je te soupçonne de hanter les bars à karaoké pour un autre motif que l'amour de la chansonnette, ricana Chevry-Toscan.

*

Un jeune homme et une jeune fille jouaient au tennis. Leurs amis restaient silencieux, leurs têtes tournant au rythme des renvois successifs. À droite, à gauche, à droite, à gauche. Maquillés comme des mimes, ils semblaient passionnés par cette partie sans balle ni raquette. Seul, vaguement triste après une nuit épuisante, le photographe se tenait en retrait. La balle invisible décrivit une haute courbe que tous les regards suivirent. Elle atterrit aux pieds du photographe. Il se baissa, referma sa main sur du vide et fit mine de renvoyer la balle dans le court. Le vent soufflait, on n'entendait que le murmure apaisant du feuillage ; le gazon était aussi vert que pouvait l'être un gazon anglais. Le photographe s'en alla avec ses incertitudes.

Louise regarda défiler le générique de *Blow up*. Elle avait espéré que Ken rentrerait plus tôt. Il était probablement allé au restaurant avec ses collègues après le théâtre. Les *rakugoka* forment une petite tribu soudée, n'est-ce pas ? Et moi, qu'est-ce que je fais vautrée sur son futon ? se demanda-t-elle en respirant l'odeur boisée qui s'en dégageait. J'ai une excuse toute faite, je profite de la médiathèque de Ken Fujimori, nous avons les mêmes goûts, du moins en matière de cinéma.

La sonnerie de son téléphone interrompit sa rêverie.

– *Moshi-moshi ! Kazu* desu [1]. Le saxo du parc Komazawa. Vous êtes la jeune femme qui aime écouter du jazz sous la pluie ?

– Eh oui, quand c'est la saison des pluies, on s'adapte. Quand c'est celle des ennuis aussi. Alors, Yuki Mukoda vous a entraîné dans des lieux de perdition ?

1. Allô ! C'est Kazu !

185

– Malheureusement, non. Nous avons fait une promenade à Ginza. Direction : le grand magasin Mitsukoshi. Mukoda-san a passé une heure à essayer un kimono qu'elle avait commandé.

– Quel genre ?

– Grand genre. Une pacotille dans les huit cent cinquante mille yens. Rouge avec des motifs blancs, dorés, bleus et une touche de vert pâle. Les couleurs de l'été. J'ai eu le temps de le détailler.

– Et Mukoda, le temps de vous repérer...

– Pas de risque. J'étais avec une copine qui a fait un essayage, elle aussi. J'ai dû l'abandonner chez Mitsukoshi pour suivre Mukoda. Je doute qu'elle ait pu trouver une excuse intelligente pour se sortir de cette situation.

– C'est tout ?

– Non. La dame est allée se faire coiffer dans un salon ultrachic. Toujours à Ginza, le quartier le plus cher de Tokyo. Elle a pris un taxi pour Yanaka. Elle est allée régler ses factures chez différents commerçants du quartier avant de rentrer chez elle. Personne ne s'est présenté. Elle est sortie vers 18 heures, vêtue de son kimono, le visage fardé de blanc, les lèvres rouges. Pendant un instant, je me suis cru au kabuki. Elle a pris un nouveau taxi : je n'ai pas pu suivre, elle m'aurait repéré.

– Pour quelles occasions les femmes se préparent-elles de cette façon ?

– Celles que je fréquente sont plus portées sur le jean. Mais de nombreuses femmes font partie de groupes de cérémonie du thé, et se retrouvent régulièrement, vêtues de leurs plus beaux kimonos.

– Beau boulot, saxo.

– Toujours à votre service.

Louise sélectionna un disque de Thelonious Monk et le glissa dans le lecteur. Le phrasé à la fois plaintif et vigoureux de Monk allait à merveille avec la pluie, et la réflexion. Elle se rallongea sur le futon et essaya de comprendre à quoi jouait Yuki Mukoda. Cette femme confectionnait des soupes hallucinogènes dans sa maisonnette fatiguée, mais s'offrait des kimonos princiers pour aller prendre le thé. Qu'est-ce que Julian Eden aurait pensé d'un cocktail comme celui-là ?

26

Les enzymes de Nikko ne l'avaient pas encore lâché tout à fait. Le lavabo de la salle de bains lui donnait un sérieux coup de main pour se tenir debout, mais il se promettait de faire chanter *New York, New York* à sa partenaire quand il l'aurait allongée sur le lit géant. Pour l'instant, elle prenait une douche, et Nikko regardait son corps blanc et dodu lutter avec la couleur du carrelage. Elle avait relevé ses cheveux pour les fourrer dans un bonnet en plastique gracieusement offert par le love-hôtel, un gigantesque château fort qui bordait la Sumida avec suffisance.

J'aimerais avoir un business comme celui-là, rêvait Nikko. Des turnes pleines de soupirs et une caissière distinguée. Chaque nuit, je changerais de chambre. Et de femme. Jusqu'à ce que je trouve la bonne. Ou que je ne la trouve jamais. En attendant, celle-ci n'est pas mal. Et elle se fout de savoir si mes parents sont d'ici ou d'ailleurs. Elle est gironde, même sans ses cuissardes. Je lui dirai de les remettre tout à l'heure.

Il pensa à Chevry-Toscan. Arrivé devant le love-hôtel avec la copine de Miss Cuissardes, il s'était dégonflé pour aller rejoindre Jun Yoshida, sa future femme. En regardant les photos dans le hall d'entrée, Nikko n'avait pas hésité : la chambre royale, avait-il dit à la tôlière. Lit de princesse à baldaquin, moulures au plafond, tapisserie avec des châtelaines et des licornes et des types en collants bicolores qui soufflaient dans des cors. Mais il avait fait ses comptes, et il ne lui restait que de quoi se payer deux heures de bon temps, pas une minute de plus.

Il s'allongea sur le lit et se demanda une fois encore pourquoi Yamashita lui avait donné sa soirée. Uncle Death devait s'envoyer en l'air lui aussi. Ça lui arrivait de moins en moins, mais ça lui arrivait encore, avec sa belle gueule de matador. En tout cas, d'habitude, quand il recevait, il ne demandait à personne de décamper. Nikko tenta de réfléchir encore, puis ses pensées se diluèrent en voyant approcher la fille. Il était incapable de se souvenir de son prénom. Il se redressa sur un coude.

– Eh, comment tu t'appelles, déjà ?

– Ame, répondit-elle d'une petite voix.

Nikko avait un faible pour les jolies plantes qui prenaient des voix de petites filles. Mais les parents de celle-ci auraient pu lui dénicher un autre prénom qu'Ame. Il n'y avait que les Japonais pour appeler leurs filles « pluie », ou « automne », ou « neige » ou…

– Et toi, tu t'appelles Nikko, minauda mademoiselle la Pluie. J'aime bien.

– Eh bien tant mieux, parce que c'est mon vrai prénom.

Ou du moins, le seul qui me reste, pensa-t-il en lui ouvrant les bras. Il avait eu un prénom coréen mais c'était il y a des siècles. Quant à son Yankee de père, il ne s'était jamais fatigué pour lui en trouver un. De toute façon, qui avait envie de s'appeler Bob ?

*

Sa cuirasse pesait des tonnes. Harnaché de cuir et de métal, il courait sous la voûte des arbres depuis trop longtemps. La clairière ne devait être qu'à quelques centaines de mètres vers le sud, mais la futaie ne semblait pas vouloir s'éclaircir. Il décida de s'alléger, arracha guêtres et épaulettes, jeta la mentonnière et le casque. Ne restaient plus que la lourde ceinture, à laquelle pendait son sabre d'argent, et la cuirasse, sa seconde peau. Le son du cor retentit derrière lui. Il largua la cuirasse. Son corps lui sembla plus léger mais ce fut éphémère. Les pas des guerriers en meute se firent entendre. Il se retourna, la main ferme sur la poignée du sabre, fit face à ses assaillants. Leur chef, un nain au casque à parure de cerf, brandissait un gourdin. Il se transforma en flambeau que l'homme abaissa vers un buisson d'herbes sèches. Le vent nourrit les flammes. Un nuage gris l'enveloppa en même temps que le rire de ses bourreaux.

Nikko Thomson se réveilla en sursaut, le crâne en plomb, la gorge douloureuse. Une odeur âcre emplissait la chambre. Il se rua vers la fenêtre, aspira une grande goulée d'air. Il scruta la ruelle tranquille, vit la fumée qui s'échappait par la porte de bois. Une lueur orangée dansait dans une flaque, sur le trottoir. Il dévala l'escalier, se précipita dans le dojo. Les flammes léchaient le mur principal. Elles se reflétaient dans le grand miroir, donnant l'impression que la salle entière était la proie du feu. Il prit l'extincteur, dirigea le jet vers le brasier. Il vit son beau-père qui courait vers les douches, en slip, un bandeau noué sur la bouche. Armé d'un seau, il s'attaqua à l'incendie.

Tandis que mourait la dernière flamme, une sirène annonça l'arrivée des pompiers. Nikko et Hideo, le visage couvert de suie, se regardèrent sans mot dire.

*

Louise se réveilla en sursaut. Un homme ivre déambulait en chantant à pleins poumons. Elle s'était endormie une fois de plus sur le futon de Ken ; il n'était pas rentré. Elle se pencha à la fenêtre. La grande roue du parc d'attractions avait l'air d'une carcasse abandonnée dans la lumière des lampadaires. Louise ramassa ses affaires et descendit l'escalier à pas de loup. Toute la maisonnée Kamiyama semblait endormie. Elle se faufila dans la pièce principale, vit une lueur dans la cuisine ; une femme, probablement l'épouse du maître de *rakugo*, passa dans l'embrasure de la porte. Louise eut le temps d'apercevoir les couleurs vives de son *yukata*.

Elle se retrouva dans la rue et le chant des cigales. L'ivrogne avait déjà avalé du chemin, sa voix n'était plus qu'un écho dans la nuit. Louise marcha en direction de l'avenue principale. Une légère décharge électrique chahuta sa poitrine. Les dettes réglées de Mukoda, le kimono commandé… Elle se souvint des paroles de Kazu le saxo. *Grand genre. Une pacotille dans les huit cent cinquante mille yens. Rouge avec des motifs blancs, dorés, bleus et une touche de vert pâle. Les couleurs de l'été.* Et peut-être bien celles de la mort, pensa-t-elle en se reprochant de s'être endormie au lieu de se creuser la tête. Elle téléphona à Ken mais tomba sur son répondeur. Elle courut jusqu'à la plus proche avenue.

27

– Allô ! C'est Louise Morvan.

– Vous n'êtes pas gênée…

Florent Chevry-Toscan termina sa phrase par un gémissement. La voix était pâteuse. Louise misa sur une gueule de bois force 10.

– Je vous propose une trêve, Florent.

– Pour quoi faire ?

– Je suis devant chez Jiro Yamashita, il ne répond pas.

– Qu'est-ce que vous voulez que j'y fasse ?

– J'ai un mauvais pressentiment. Votre oncle arrive dans peu de temps. Vous ne croyez pas qu'il faudrait limiter les dégâts ? J'ai d'abord envisagé d'alerter le lieutenant Hata puis pensé que vous préféreriez ralentir un peu le mouvement, je me trompe ?

Il protesta encore un moment mais se laissa convaincre. Il arriva vingt minutes plus tard au volant d'une voiture au logo France Japan Realty, et accompagné d'un petit homme pourvu d'une caisse à outils, un certain Morita, bricoleur attitré de l'agence immobilière. Ce dernier protesta en découvrant l'imposante villa.

– Morita dit qu'on va déclencher une alarme, expliqua Florent.

– Je m'en doute. Mais ça nous laissera le temps de récupérer le *livre* qui vous intéresse.

Il ignora l'intonation ironique et persuada Morita de s'attaquer au portail. Aucune alarme ne se déclencha. La porte d'entrée céda à son tour. Le bricoleur retourna s'installer dans la voiture tandis que Louise et Florent pénétraient chez le collectionneur. Des veilleuses encastrées au-dessus des plinthes dévoilaient le parcours. Le bureau était vide et en ordre, tout comme le reste de la villa. Florent entraîna Louise dans un couloir dont les larges baies dévoilaient un jardin aux arbres nains, et aux lanternes de pierre.

– Il ne reste plus que la pièce où Yamashita entrepose sa collection, dit Florent. S'il ne s'y trouve pas, c'est qu'il n'est pas chez lui.

Il fit coulisser la cloison, révélant une pièce parfaitement carrée, éclairée par une lanterne en papier. Ils étaient allongés en son centre, devant un paravent déployé.

Chevry-Toscan poussa un juron beaucoup moins raffiné que l'ambiance et se laissa tomber comme un sac sur les tatamis. Louise observa les corps, puis le paravent. L'histoire se déroulait en séquences somptueuses. L'amante rencontrait l'amant, jouait du *shamisen* pour lui ; le temps d'un vol de grues dans un ciel doré, et ils s'étreignaient au bord du brasier. Au bas du dernier panneau, des fantassins croyaient pouvoir maîtriser l'incendie. Le kimono de l'amante était-il déjà léché par les flammes ou sa couleur éclatante trompait-elle le spectateur ?

Celui de Mukoda en était la réplique parfaite, jusqu'à l'obi jaune d'or qui lui ceignait la taille. Sur un oreiller de porcelaine, la tête était altière, et les traits, lissés par la mort, évoquaient ceux d'une jeune fille. Jiro Yamashita enlaçait la poitrine vêtue de soie. Sur la table de laque noire, un cruchon de porcelaine, deux coupelles blanches et vides.

Yuki Mukoda n'avait eu besoin de personne. Ève Steiner n'avait été qu'une marionnette venue à point nommé faire quelques tours dans un scénario qui s'assoupissait. Mukoda avait créé un divertimento pour Yamashita. La grande scène, ils l'avaient jouée ensemble et peu importait les personnages secondaires, morts ou vivants.

– Mais comment avez-vous su, Louise ?

– Mukoda s'est offert un luxueux kimono. Elle a réglé ses dettes dans le quartier. Signe qu'elle faisait le ménage avant le grand saut. Je me demande où est passé l'homme à tout faire.

– On a fait la tournée des bars. Nikko avait l'air d'en avoir gros sur la patate. Il n'a pas voulu me dire pourquoi. Yamashita lui avait donné sa soirée. Ça n'arrivait jamais. Vous croyez que c'est un suicide ?

– Ça m'en a tout l'air. Leur peau a une couleur rose marquée. C'est l'indice de l'absorption de cyanure. Je me demande si Yamashita était consentant. Ou si Mukoda a pris la liberté d'agrémenter le saké. Mais la tenue d'apparat, le décorum, la position des corps laissent penser à un double suicide.

Chevry-Toscan la regarda d'un air désemparé.

– Vous connaissiez cet endroit, Florent ?

– Yamashita me l'avait fait visiter. J'aurais pu m'en passer.

– Pourquoi ?

– Allumez, vous comprendrez.

Une vingtaine de spots illuminèrent la pièce. Ils étaient fixés à des étagères sur lesquelles reposaient des objets disposés avec soin. Un mur était couvert de toiles pendues à des cimaises. Le regard de Louise fut attiré par la tête de la Méduse, ses yeux effarés, sa bouche ouverte sur une grimace de surprise et de refus, sa chevelure aux serpents grouillants si délicatement rendue qu'on les croyait prêts à surgir du cadre. Une autre toile montrait sainte Agnès levant son pur visage vers les cieux alors qu'un bourreau lui tranchait les seins à l'aide d'un glaive. Plus loin, saint Jean-Baptiste était ébouillanté vivant, mais son expression était celle d'un quidam chantant dans son bain. Entre deux représentations de rituels sataniques, Cléopâtre rencontrait la mort sous la forme d'un aspic lui mordant vigoureusement la poitrine. Des sculptures représentaient des samouraïs occupés à se faire *seppuku*. Louise ne put réprimer une grimace de dégoût en découvrant une créature blanchâtre à tête de singe et queue de poisson, puis des fœtus d'êtres indéterminés conservés dans des bocaux verdâtres. Une série de photos montrait l'attaque du 11 septembre 2001 sur les Twin Towers. *Ad majorem Dei gloriam,* ouvert sur le supplice d'une femme à l'opulente chevelure à qui on faisait couler de l'or ou de l'huile bouillante dans la bouche, était mis en valeur sur un portant de bois et tenait compagnie à une momie de chat montant la garde dans un sarcophage entrouvert et finement ornementé.

– Qu'est-ce que c'est que ce bazar ? demanda-t-elle à Chevry-Toscan qui arborait un teint de mort vivant lui aussi.

– La collection que Jiro Yamashita a mis une vie à monter en partant de sa fascination pour la mort.

– Qu'est-ce que vous lui avez vendu qui surpasse tout ça ? Et ne me répondez pas qu'il s'agit de ce fichu bouquin, je n'y ai jamais cru.

– Des reliques.

– Quelles reliques ?

– Celles d'Agathe. Une sainte mérovingienne née en 507, morte vers l'âge de trente ans. Elles étaient conservées dans la nef de la basilique Saint-Martin.

– Un reliquaire qui attire deux millions de pèlerins chaque année, ajouta Louise en repensant à la documentation fournie par son ami journaliste avant son départ.

– Le reliquaire contient le cœur de sainte Agathe et une fiole de son sang. Bien des gens ont voulu se l'approprier au fil des ans. On a failli le perdre pendant la Terreur. En 1792, le cœur caché dans un livre évidé est parti en exil en Italie. On ne l'a récupéré qu'au XIX\ :sup:`e` siècle.

– Comment avez-vous réussi à le faire sortir de France ?

– Grâce au réseau de Yuki Mukoda. Elle connaît des douaniers à l'aéroport. Elle les soudoie depuis longtemps pour passer des œuvres.

– Comme la Méduse, par exemple ? C'est une toile remarquable.

– Signée d'un petit maître italien du XVIII\ :sup:`e` siècle, elle vaut bonbon. Je réalise maintenant que Mukoda ne faisait pas ça pour le fric.

– Non, Mukoda trafiquait pour alimenter la collection de Yamashita. Elle avait trouvé là le moyen de rester dans son sillage. Il ne pouvait plus se passer d'elle.

Florent se frotta la nuque comme s'il sortait d'un cauchemar et proposa de retrouver les reliques. Ce ne fut pas difficile. Elles trônaient sur l'étagère principale, dans une cassette en ivoire aux ferrures d'argent.

– Vous voulez les voir ?

Elle accepta. Il souleva le couvercle et Louise vit le cœur de sainte Agathe flanqué d'une fiole grisâtre. L'organe tant adulé évoquait une figue séchée. Des millions de pèlerins, des millions de yens et la mort d'une jeune femme, voilà ce que vaut ce bidule, se dit-elle en échangeant un regard avec le neveu de l'évêque. Il n'avait pas l'air plus impressionné qu'elle. Ils entendirent des pas et se retournèrent dans le même mouvement sur Nikko Thomson.

– On les a trouvés comme ça, lui dit Florent. C'est un empoisonnement. Apparemment, Yamashita n'avait pas branché l'alarme. Parce qu'il savait qu'elle ne lui servirait plus jamais à rien.

Nikko ouvrit la bouche comme s'il allait hurler mais ne produisit aucun son. Il prit le corps de son patron dans ses bras et se mit à sangloter en lâchant quelques phrases en japonais. Louise capta le mot *shifu*, celui que Ken utilisait avec respect et affection pour son maître de *rakugo*. Le jeune homme se redressa, essuya son visage avec la manche de sa chemise.

– Comment tu as su ? demanda-t-il à Florent d'une voix métallique.

Serrant le reliquaire contre sa poitrine, Florent raconta la filature exercée sur Mukoda, l'appel de Louise, l'aide de Morita qui attendait dans la voiture devant la propriété.

– Louise a eu une intuition, et malheureusement c'était la bonne. Je crois qu'il faut se faire une raison. Yamashita a attendu toute sa vie d'avoir le courage de s'offrir un aller simple avec Mukoda. Leur première tentative avait été un échec, ils étaient gamins…

– Tu parles, mais tu ne comprends rien.

Décidément, Louise n'aimait pas la tournure que prenaient les événements, pas plus que la froideur de Nikko. Elle le vit ouvrir l'étui qu'il portait en bandoulière. Comme Florent, elle recula prestement. Nikko brandissait un sabre. Florent surprit Louise en parlementant. Elle l'avait pris pour un garçon gâté et un couard.

– Mukoda s'est jetée du pont, pas Yamashita. Elle lui en voulait à mort, en même temps elle l'aimait. Et lui aussi, dans le fond. C'était un jeu entre eux. Un jeu malsain. L'argent, les œuvres, ça n'avait pas d'importance pour lui.

– *Shifu* ne serait jamais parti sans me dire au revoir. Il n'achetait pas une pièce pour sa putain de collection sans me la montrer.

Le mot collection eut l'effet d'une incantation de magie noire. Nikko se précipita sur les étagères pour les fracasser une à une. Après quoi, il commença à taillader les toiles. Pendant ce temps, Louise avait tiré Chevry-Toscan par la manche et progressait vers la sortie. Ils partirent en courant. Nikko leur hurla de s'arrêter. Ils obéirent.

– Donne-moi la cassette, ordonna Nikko. Et les clés de la bagnole pendant que tu y es.

Cette fois, Florent Chevry-Toscan ne joua pas les bravaches et lui tendit ce qu'il exigeait sans répliquer. Nikko fila vers la sortie, Louise sur ses talons.

Morita était assis, tremblant, sur la chaussée, le contenu de sa boîte à outils dispersé autour de lui. La voiture au logo de France Japan Realty disparaissait sur l'allée bordant le cimetière.

– Où va-t-il comme ça ?

– Aucune idée. Mais j'ai quand même capté des bribes quand il pleurait sur le corps de Yamashita. Il lui demandait pardon.

– Pardon de quoi ?

– Je ne sais pas. Mais c'était en rapport avec un certain Sago.

– Ce nom me dit quelque chose… Tu sais de qui il s'agit ?

– Absolument pas. Mais ce que je sais, c'est qu'il faut appeler les flics. On a déjà trop tardé.

Louise aida Morita à se relever et à reprendre ses esprits. Elle ramassa les outils éparpillés, les rangea dans la boîte. Puis elle suggéra de s'attaquer à la serrure de l'appartement de Nikko. Florent la regarda avec l'air d'un homme à qui on demande de choisir entre un saut en parachute sans parachute et un autre avec un parachute troué. Il ne réussit pas à convaincre Morita de forcer une nouvelle serrure. Louise empoigna la boîte à outils et s'en chargea à sa place.

28

Un mobilier minimal, des piles de revues d'arts martiaux, un ordinateur : ils fouillèrent la chambre, spartiate et bien rangée, tandis que Morita se lamentait, assis sur le lit de Nikko Thomson. Louise se connecta sur le site du *Daily Yomiuri*. Elle retrouva l'article sur Jiro Yamashita qu'elle avait consulté en attendant Ève sur son palier.

– Chomei Sago, je l'ai, dit-elle.

Chevry-Toscan laissa Morita sans surveillance pour lire l'article d'un certain Akio Nakata, chroniqueur politique analysant les liens du New Japan avec la puissante secte Shinankyo. Chomei Sago était l'un de ses cadres dirigeants, et sa famille possédait l'une des plus importantes entreprises de construction du Japon. Le New Japan avait servi d'intermédiaire auprès des pouvoirs publics pour faire décrocher de juteux contrats à la Sago Construction Company.

– Il faut trouver l'adresse de ce Sago, dit Louise.

– Facile à dire.

– Tu vas appeler la rédaction du *Daily Yomiuri*. Ils travaillent encore à cette heure-ci. Ou du moins certains d'entre eux.

– Et alors ?

– Tu joins le journaliste Nakata. Et tu lui extirpes l'adresse de Chomei Sago.

– Mais pourquoi moi ? Ce Nakata parle anglais puisqu'il l'écrit.

– En t'adressant à lui dans sa langue, tu mets plus de chances de notre côté.

– Je m'y prends comment ? En l'hypnotisant avec le pouvoir de ma voix ?

– Réfléchis un peu, Florent. Si tu dis à un journaliste qu'un type armé d'un sabre cherche le puissant Chomei Sago partout, tu obtiens son attention.

– Et si on appelait les flics, plutôt ?

– Allez, encore un effort.

Elle l'écouta se lancer dans une conversation avec un interlocuteur coriace, et en profita pour jeter un coup d'œil à Morita. Il avait disparu. Elle partit à sa recherche dans la maison vide et silencieuse, sortit dans le jardin. Le hululement d'une sirène grossissait au loin. Le frileux bricoleur avait prévenu la maréchaussée locale, il était temps de mettre les voiles. Elle ameuta Florent. Tout en continuant sa conversation téléphonique, il fila sur ses pas en direction du cimetière. Elle lui fit signe de s'accroupir entre deux sépultures, et le laissa batailler dur contre une série d'interlocuteurs.

Elle essaya de se détendre tandis qu'une boule d'angoisse remontait dans sa gorge, revigorée par la beauté sinistre du Yanaka Cemetery. Jusqu'alors, ses souvenirs étaient roulés comme un manteau de laine dans un vieux coffre aux solides ferrures. Elle venait de trouver la clé. Il lui fallait la force de la glisser dans la serrure. Elle essaya de domestiquer les battements de son cœur, repassa le film des événements à l'envers. Le chevalier blanc, l'armée des spectres avec à leur tête Marie de Galitche, pâle et terrifiante Dame de Soie qui régnait sur les âmes mortes de Yanaka et lui proposait de retrouver Julian Eden. Louise lutta contre l'envie de prendre ses jambes à son cou, de rejoindre la zone illuminée de la gare, de s'engouffrer dans un taxi, et de se couler contre le corps chaud de Ken Fujimori. Elle se revit dans la vieille maison de poupée, dans la cuisine aux effluves trompeurs. Elle s'entendit converser avec Yuki la Neigeuse pendant que celle-ci tournait sa cuiller en bois dans son brouet de sorcière.

Elle lui avait raconté son suicide raté avec Yamashita, le bel et sombre amour de sa vie. Yuki la Neigeuse avait parlé de sa complicité avec Ève la Rieuse. *Oui, c'était ce ton-là, nous avons beaucoup ri... il ne faudrait jamais toucher à la beauté, mademoiselle...* Louise ferma les yeux, se concentra. Ça revenait, c'était là. *Une maîtresse plus exigeante qu'une jeune traînée de Shibuya. Elle ne se contente pas d'un rendez-vous hebdomadaire. Elle accapare. Or s'il y a un élément susceptible de gâcher la carrière d'un politicien, c'est bien la drogue...*

Yuki Mukoda lui avait appris que Jiro Yamashita s'adonnait à la cocaïne. Pour un politicien, c'était l'équivalent d'un aller simple pour le cimetière des éléphants. C'était cette information qu'Ève « Baka » Steiner avait voulu monnayer. Elle s'était crue invincible, et assez maligne pour tenir tête aux Sago de la terre.

Louise rouvrit les yeux. Le cimetière ne s'était pas métamorphosé en succursale de l'Enfer, les esprits de la nuit restaient lovés dans l'écorce des arbres et les corbeaux ne riaient pas des déboires des damnés. Et Florent Chevry-Toscan terminait sa conversation. Il avait de bons côtés, finalement, et le sens du timing.

– Alors, Sago ?

Il poussa un gros soupir qui lui gonfla les joues et lui donna un air gamin.

– J'ai bien cru que je n'y arriverais jamais...

– C'est ça, ton problème, Florent. Tu manques de confiance en toi.

– Tu crois ? Bon, en tout cas, j'ai une adresse.

– Eh bien, qu'est-ce qu'on attend pour y aller ?

Elle s'était relevée, lui tendait la main.

– Toi, Louise Morvan, tu as la santé, dit-il en acceptant la main et en se redressant péniblement.

Il frotta son pantalon pour évacuer les traces de terre, elle imita son geste.

– Merci, dit-il d'une voix penaude.

– De quoi ?

– De m'aider à retrouver ces fichues reliques.

– Entre nous, je me demande vraiment pourquoi tu les as piquées.

– Ce n'est pas moi.

– Allons bon.

– C'est Jun.

– Et moi qui croyais que ta fiancée était une fille sans histoire.

– Jun serait une fille sans histoire si Yuki Mukoda n'était pas une amie de son père.

– Ton oncle m'a dit que le père de Jun était mort ?

– C'est ce qu'il croit. Avant de se barrer en abandonnant sa famille et ses dettes, le père de Jun était un des passeurs de Yuki Mukoda. Cette vieille renarde a réussi à convaincre Jun de piquer les reliques.

– On reparlera des nœuds familiaux plus tard, pour le moment il s'agit de se tirer d'ici. Mais prendre un taxi serait une grave erreur. Le lieutenant Hata n'attend que ça.

– Tu crois ?

Louise réfléchit un moment, la pluie en profita pour tomber. Grosses comme des cerises, les gouttes ricochaient sur la terre des allées et souillaient leurs vêtements. Elle se dirigea vers le *koban*. Une lueur filtrait à travers la vitre, les deux vélos blancs étaient garés contre le mur, bien visibles avec leur coffre fixé sur le porte-bagages. Elle les désigna à Florent. Il fit les gros yeux. La pluie crépitait sur le toit du minuscule commissariat et noyait les bruits dans sa chanson. Je crois que la pluie m'aime bien, dans le fond, pensa Louise. Elle grimpa sur un vélo et pédala vers une allée secondaire. Elle ne se retourna pas pour voir si Florent suivait. De toute manière, il n'avait pas le choix. Une fois en dehors du cimetière, elle lui demanda de prendre la tête du convoi. Un agent immobilier savait comment se rendre n'importe où à Tokyo. Même sans GPS. Quoique ?

– Tu peux nous emmener chez Chomei Sago ?

– Bien sûr. Mais on va être trempés jusqu'à l'os.

– Cesse de discuter, Florent. Et passe à l'action. Ça va t'ouvrir des horizons.

Il secoua la tête d'un air agacé, essuya inutilement son visage ruisselant et engagea son fier coursier blanc vers le carrefour.

29

Hideo Kaneda donnait son cours du soir. Nikko entendait le claquement des *shinaï*, les piétinements sur le parquet de bois du dojo. Il entra avec sa clé, gravit l'escalier étroit, la cassette serrée sur son ventre. Il repéra la lueur mouvante du téléviseur ; comme d'habitude, sa mère regardait son feuilleton, le casque sur les oreilles pour ne pas être dérangée par les *kendoka*. Nikko s'agenouilla devant la porte de son frère. Il frappa trois coups rapides, puis deux coups lents, sa façon d'annoncer à son cadet ses visites.

– Rai, j'ai un cadeau pour toi.

Il savait qu'il n'aurait pas de réponse mais que son frère l'écoutait.

– C'est une boîte magique. Elle va t'aider. Il y a les restes d'une sainte à l'intérieur. Elle arrive du bout du monde pour toi, Rai.

Il posa la boîte devant lui et la fit glisser dans la chambre par la chatière. Il attendit un peu puis entendit des pas. Il imagina Rai s'agenouillant. Rai, dans la même posture que lui. Et touchant la boîte.

– J'ai beaucoup réfléchi, Rai. Je suis sûr d'une chose, maintenant. C'est qu'il faut que tu sois fier de ce que tu es. Fier de tes racines. Personne ne peut te les arracher. Personne.

Il attendit un moment, pensa qu'il entendait la respiration de son frère. Il se releva.

– Je vais partir, maintenant. Il faut me promettre une chose. Quand on viendra me demander, des policiers sûrement, tu sortiras avec la boîte. C'est une boîte magique, elle va t'aider à retrouver le monde, les gens. Au revoir, petit frère. Et n'oublie pas, sois fier. C'est Nikko qui te le dit. Nikko Thomson, le fils d'un Yankee et d'une Coréenne. N'oublie pas, Rai. N'oublie plus jamais.

Il regarda la porte d'où filtrait la lumière du téléviseur, imagina qu'il pressait l'épaule de sa mère et déposait un baiser sur le haut de son crâne, et quitta la maison. En passant devant le dojo de Hideo Kaneda, il s'inclina.

*

Louise freina pour lire un panneau. Il lui apprit qu'ils remontaient l'avenue Kasuga. Elle vit Florent qui l'attendait à un croisement.

– Tu pourrais pédaler plus vite. Je te signale que c'est toi qui nous as imposé ce moyen de transport.

– Pédaler avec un jean alourdi par cent hectolitres d'eau tiède est une pratique qui exige de la concentration, Florent. Tu sais où on se trouve ?

– Oui, mais souviens-toi que les rues n'ont pas de nom. Le journaliste m'a dit que Sago habitait près du sanctuaire Torigoe.

– Alors qu'est-ce qu'on attend ?

Il ravala un juron et fila dans une ruelle bordée de plantes en pot. Les poteaux électriques laissaient à peine la place de se faufiler en solo. Ils tournèrent un moment dans ce labyrinthe, la pluie rabattit une odeur d'encens, Florent désigna le mur d'enceinte du sanctuaire.

La villa de Sago était un cube de béton aux larges baies vitrées, protégé par un muret gris d'où dépassaient des bambous luxuriants. Une voiture était garée dans la cour. Seul le premier étage de la villa était éclairé. Louise envisagea de sonner puis se rendit compte que la grille de fer était entrouverte.

Ils se glissèrent dans la propriété. Elle repéra un corps en position fœtale, près du tronc mince d'un pin miniature. Elle éclaira le visage d'un homme avec sa lampe de poche, chercha son pouls en posant deux doigts sur la base de son cou. L'arrière de son crâne était garni d'une bosse de la taille d'un œuf de poule. L'homme portait un cordon tranché encore attaché à sa ceinture.

— Vivant, mais il a eu son compte, dit-elle en se relevant.

Le jeu de clés de l'homme était fiché dans la porte principale de la villa. Une femme sanglotait à l'étage. Ils gravirent l'escalier, débouchèrent dans une chambre où tout était doré et pompeux. Sauf un énorme téléviseur à écran plat qui ne diffuserait plus de programme intéressant ; quelqu'un l'avait fracassé à l'aide d'un vase de marbre qui gisait sur le tapis. Une fille en pleurs et en déshabillé jaune à pompons et mules assorties était allongée dans la même diagonale que le vase. Florent eut une conversation instructive avec elle. Louise se demanda si elle était majeure. En attendant, elle avait l'arcade sourcilière fendue, et la bouche gonflée sans l'aide d'implants au silicone.

— Sago n'est pas là. Il assiste à un tournoi de sumo. C'est sa petite amie. Quand Nikko a cassé la télé, elle a eu la peur de sa vie. Quand il lui a mis une raclée, elle a avoué, résuma Florent.

— Elle a avoué quoi ? s'impatienta Louise.

— Que Sago a engagé un *chimpira* pour faire un sale boulot.

— Quel boulot ?

– Elle l'ignore. Mais ça a l'air sérieux.

Ils se dévisagèrent un moment. La fille s'était calmée et s'essuyait le visage avec son déshabillé. Compte tenu du peu de tissu disponible, la tâche était rude.

– Tu me caches quelque chose, Florent.

Il poussa un gros soupir.

– Un *chimpira* de Boss Gonzo, articula-t-il d'une voix sinistre.

– On reste en famille. C'est sympathique.

Florent s'adressa à la fille, récupéra une réponse énervée et sortit de la chambre suivi par Louise.

– Elle ne veut pas que j'appelle une ambulance.

– Tu m'étonnes. Si j'ai bien lu les articles sur le Net, ce Sago a dans les soixante ans.

– Quelque chose comme ça.

– Cette môme en a environ quarante-cinq de moins. Ça ferait désordre pour le patron d'une secte religieuse.

– Détrompe-toi. Les Japonais sont beaucoup moins puritains que nous.

– Ça te change de ton milieu. Je comprends que tu sois parti…

Elle quitta la maison sans attendre sa réaction, accéléra le pas en traversant le jardin ; le garde du corps sortait des limbes. Ils remontèrent sur leurs bicyclettes, pédalèrent jusqu'à l'avenue Kokusai. Florent freina sec, elle manqua de l'emboutir.

– Qu'est-ce qui te prend ?

– Maintenant qu'on est loin de Yanaka, on peut peut-être prendre un taxi ?

– Tu en connais beaucoup prêts à charger deux étrangers trempés comme des soupes au radis ?

Il admit qu'elle n'avait pas tort, et ajouta :

– De toute façon, Boss Gonzo habite Asakusa lui aussi. C'est sûrement pour ça que Sago a fait appel à lui.

– Entre voisins, on s'entraide. Avance, je te passerai à la question plus tard, Florent. Tu n'y couperas pas.

*

Nikko gara la voiture devant le Seven/Eleven[1], récupéra son étui de sabre sur le siège passager et pénétra dans l'épicerie. Il acheta du rouleau adhésif couleur chair, un café, un parapluie et paya à la caisse. Il but son café sous son parapluie, en pensant à cette nuit d'été où il s'était présenté à Boss Gonzo. Les cigales chantaient comme aujourd'hui. Le Boss assistait avec ses hommes aux feux d'artifice sur la Sumida. Les yakuzas et leurs petites amies avaient revêtu leur yukata d'été. Les hommes en bleu, les femmes dans des couleurs lumineuses et chaudes. À les regarder de loin, on avait l'impression qu'ils sortaient de l'époque d'Edo. Ils riaient en buvant du saké et mangeaient du poulpe grillé. Gonzo les régalait avec ses histoires. Les filles étaient jeunes et belles. Ils étaient assis en rond sur une rabane. Nikko avait eu envie de faire partie de leur famille comme jamais. Il avait grandi dans le même quartier qu'eux. Hideo Kaneda était copain avec le plus vieux des *chimpira*. Nikko passait

1. Supérettes ouvertes toute l'année de 7 à 23 heures.

chaque jour devant leur établissement de bains, mais n'avait jamais osé entrer.

– « *Qu'est-ce que tu fous là, Coréen de merde, barre-toi. Retourne dans ton pays de bouseux…* »

Il entendait encore la voix du *chimpira* de Boss Gonzo. Nikko et le Boss étaient restés l'un en face de l'autre, les yeux dans les yeux. Nikko avait espéré que Gonzo balancerait une claque à son singe et lui dirait de surveiller son langage. Après tout, il les avait abordés poliment. Mais le Boss avait détourné le regard et éclaté d'un rire sonore. Un rire de gros sanglier assoiffé. Il avait d'ailleurs tendu son verre à une fille pour qu'elle le remplisse. Le *chimpira* s'était permis une nouvelle injure et l'avait menacé de lui botter le cul s'il ne débarrassait pas le plancher avec son odeur de *kimchi*[1] pas frais. Nikko s'était imaginé dégainant son sabre et les décapitant un à un. Les hommes et les femmes. Et le Boss à la fin.

Il écrasa son gobelet d'une main, jeta sa carcasse dans le caniveau ruisselant et marcha vers le jardin public. Il le traversa pour entrer dans les toilettes. Il dégagea la bande adhésive de sa gangue de cellophane et commença à se déshabiller.

Une fois prêt, il quitta le jardin et se dirigea vers l'établissement de bains.

1. Chou mariné et pimenté très utilisé dans la cuisine coréenne.

30

Nikko s'adressa d'une manière décontractée au *chimpira* qui gardait l'entrée assis sur une chaise, un manga porno sur les genoux, une canette de bière dans la main droite. Une minitélé posée sur un tabouret diffusait un match de base-ball, et faisait bien du boucan pour un si petit engin. Nikko annonça au bonhomme qu'il avait une affaire de première main pour Gonzo. L'autre fit la grimace et lui dit de revenir le lendemain.

– Demain, le type qui me doit du blé sera reparti à Sapporo, et Boss Gonzo n'a pas que ça à faire de lui courir après. Ça serait dommage, c'est une belle somme. Et donc un beau pourcentage.

Le *chimpira* se gratta la tête, roula son magazine, le fourra dans sa poche et marcha vers les vestiaires. Nikko connaissait la procédure. Il prit une serviette-éponge sur la pile, se déshabilla en dissimulant son dos. Il remonta le couloir obscur sur les pas du *chimpira* ; le gars était bien imbibé, sa démarche tanguait. Il fit coulisser la porte et laissa Nikko entrer.

Trois hommes et une femme étaient à demi immergés dans le bassin, leurs corps tatoués éclairés par la lueur des lanternes. Boss Gonzo trônait au centre, une serviette pliée posée sur la tête, un diamant scintillant à l'oreille. Le quatuor se tourna comme un seul homme lorsque Nikko arracha la bande adhésive de son dos et dégagea son sabre.

– Qu'est-ce que c'est que ce rigolo ! brailla Gonzo. FOUTEZ-LE DEHORS !

Les *chimpira* bondirent du bassin et se ruèrent vers un tas de serviettes sur lequel étaient posés deux revolvers. Nikko entailla le flanc du premier, trancha l'avant-bras du second. Ils s'effondrèrent en hurlant. Nikko balança un coup de pied dans les revolvers. Il vit le pendentif en argent autour du cou de la fille, le phénix avec l'éclair dans son bec. L'emblème de la Shinankyo. Il sauta dans le bassin. La fille dégaina le couteau fixé à sa cheville. Nikko lui trancha la main. Elle ouvrit une bouche en four, tomba face en avant. Gonzo regarda Nikko d'un air effaré, puis le dos tatoué de la fille. Elle flottait dans l'eau, inerte. Il l'agrippa, hurla son nom. Sayuri.

– Qui a tué la Française dans le temple ?

– DE QUOI TU PARLES, PETIT CONNARD ?

Avec une serviette, Gonzo essayait d'endiguer le sang qui giclait comme une source. Il serrait la fille fort contre lui, tremblait. Nikko comprit qu'il tenait à elle. Sayuri reprit connaissance et lui parla à l'oreille. Gonzo prit l'expression d'un type qui venait d'avaler un litre de bile.

– C'est elle, c'est ça ? dit Nikko. La Française n'avait aucune raison de se méfier d'une fille. Elle l'a tuée avec son couteau. Elle est de la Shinankyo. Toi aussi ?

– J'ai rien à voir avec ces culs-bénits. Et puis qu'est-ce que ça peut te foutre ? La Française est morte, maintenant.

Sayuri murmura à l'oreille de Gonzo. Il la questionna, elle répondit juste avant de s'évanouir de nouveau.

– Sago a payé Sayuri pour faire le sale boulot, confirma Gonzo. Il lui a promis de coller le meurtre sur le dos d'un pauvre type. C'est toi, je parie. Mais attends. On se connaît. Tu es le jeune mec qui voulait rentrer dans le gang. Le Coréen.

– Je ne suis personne.

– Alors fous-nous la paix si t'es personne. Laisse-moi appeler un toubib, sinon elle va mourir.

– Elle a tué une innocente.

– Sayuri a sûrement fait ce que lui a demandé Sago, connard. C'est comme ça que ça marche. Il y a toujours quelqu'un au-dessus de toi à qui tu rends des comptes, non ?

– Non.

Gonzo lui adressa un regard de haine qui pouvait vouloir dire : « tu as meurtri ma famille, je ferai payer la tienne », puis il sortit la fille du bassin, l'allongea sur le dos. L'eau était rouge à présent, le corps de Sayuri blanc sur le carrelage noir, la serviette autour de son poignet gorgée de sang. Nikko pensa qu'il lui fallait trancher la tête de la Méduse, comme sur le tableau le plus horrible de Jiro Yamashita. Sinon la Méduse s'attaquerait à Rai, à sa mère et à Hideo. Or dans le futur que Nikko imaginait pour son frère cadet, Kiong-Hok et le maître de kendo, les méduses n'existaient pas. Il leva son sabre, prit une grande inspiration et trancha la tête de Gonzo. Elle roula vers le bord du bassin, le diamant jeta quelques étincelles. Nikko hésita puis découpa le lobe de l'oreille pour récupérer le diamant. S'il lui restait une chance de survie, autant la saisir.

Le *chimpira* au bras tranché baignait dans son sang, évanoui, voire mort. L'homme au flanc blessé, et au dos enluminé par des diables verts et des chrysanthèmes jaunes, rampait sur le carrelage et dérapait comme une salamandre engluée dans de la confiture. Il agrippa la cheville de Nikko avant de s'évanouir. Celui-ci se débarrassa du sang qui marbrait sa peau sous la douche et sortit. Il se rhabilla, passa devant le gardien scotché à son match et déboucha dans la rue.

– Les Seibu Lions mettent la pâtée aux Daiei Hawks, éructa le *chimpira*. C'est sanglant !

Le sabre collé contre sa jambe, Nikko remonta l'avenue jusqu'au petit parking où il s'était garé, à une vingtaine de mètres des berges de la Sumida. Deux choix s'offraient à lui : disparaître en utilisant l'argent récupéré grâce au diamant, ou rester et nettoyer le pus. S'il devait s'évanouir dans la nature, il lui faudrait se séparer de son sabre. Il descendit le talus menant à la rive. Cette nuit, l'ambiance était bien différente de celle de la saison des feux d'artifice. Calme et sombre, la Sumida dégageait une odeur de pourriture.

Nikko s'accroupit au ras de l'eau et regarda les reflets des buildings sur sa surface miroitante. Il mit son sabre à l'horizontale. La lune s'y refléta à son tour, créant des ondes argentées. Il resta un instant immobile, à admirer la beauté vide et apaisante des miroitements. Il y avait eu beaucoup de violence. De la violence pour remplir cinquante vies. Il pouvait choisir de s'arrêter, de tenter sa chance. Mais avait-il vraiment le choix ? Il lui sembla que tout était écrit, dans un livre aux caractères tracés par le vent. Sago a envoyé Nikko à Yamashita, et Yamashita a envoyé Nikko à son destin.

*

Florent repéra la voiture de France Japan Realty le premier. Louise jeta un rapide coup d'œil aux brillances de la Sumida toute proche, puis demanda à Florent s'il l'autorisait à forcer la voiture avec les moyens du bord.

– Essaie plutôt avec ça, dit-il en exhibant une clé. J'ai toujours un double sur moi, au cas où je claquerais la portière un peu trop vite.

Ils fouillèrent la voiture. C'est le moment que choisit Nikko pour réapparaître. Sa silhouette se dégageait sur le paysage sinistre des berges. Louise vit le sabre. Il le tenait à la verticale de sa jambe.

– Nikko, rendez-nous les reliques. Elles ne vous sont d'aucune utilité, vous le savez bien.

Il la fixa avec la même intensité que lors de leur courte conversation aux abords du restaurant français de Yanaka. Il lui avait fait l'effet d'un garçon sensible, et complètement largué.

– Je vous ai parlé de mon frère, Morvan-san. Mon frère Rai. Allez le sauver. Vous avez un visage de madone, autant que ça serve à quelque chose.

Nikko monta à bord de la voiture. Florent fit un pas en avant ; Louise l'arrêta en lui agrippant le bras. Ils regardèrent la voiture disparaître au carrefour.

– On aurait pu l'arrêter !

– Il avait le regard de quelqu'un qui n'a plus grand-chose à perdre, Florent.

– Qu'est-ce qu'on fait ?

– On va chez Boss Gonzo. Tu sais où se trouve son établissement de bains, bien sûr ?

– C'est juste à côté.

L'entrée était sans surveillance. Ils longèrent le couloir sombre. La porte menant aux bains était ouverte. Un homme hurlait, probablement dans un téléphone.

– Ce type appelle une ambulance, expliqua Florent. Il dit que ça urge.

Louise entendit des gémissements, vit les corps recroquevillés sur le carrelage noir, le sang. Elle n'en avait jamais vu autant de sa vie. Florent se mit à vomir. Elle se surprit à invoquer Julian Eden de lui donner la force de ne pas s'effondrer. Boss Gonzo avait perdu la tête, une des baigneuses tatouées une main. Le *chimpira* pressait la blessure de cette fille avec sa chemise tout en téléphonant, son mobile coincé entre son épaule et son oreille. Louise partit à reculons, pataugea dans du sang, tira Florent vers la sortie.

– On n'aurait jamais dû se mêler de ces embrouilles, gémit Florent. Je vais perdre mon job.

La pluie avait cessé, et c'était la seule bonne nouvelle. Louise enfourcha machinalement sa bicyclette, posa ses bras sur le guidon et sa tête sur ses bras. Son cerveau refusait de lui obéir. Elle n'avait plus que ce vélo blanc pour lui servir de béquille. Elle perçut bientôt des mouvements lumineux, se demanda si elle était mûre pour une nouvelle crise d'hallucinations à retardement. Elle vit les feux du gyrophare. Deux hommes en uniforme à bord d'une voiture noire et blanche. Une voix résonna dans un haut-parleur. Un des policiers sortit de voiture, la main sur un long bâton noir fixé à sa ceinture. Il posa une question.

– Il nous demande pourquoi nous roulons sur des vélos de flics, traduisit Florent avant de se lancer dans des explications en japonais, en désignant les bains.

Elle observa le policier. Il était manifeste qu'il pensait avoir mis la main sur un duo imbibé ou drogué jusqu'à l'os.

– Dis-lui de contacter le lieutenant Hata, énonça simplement Louise.

31

Les gerbes de sel éclaboussèrent le cercle de terre battue. Face à face, les colosses venaient d'effectuer le rituel de purification de l'arène, avant de prendre leur position d'attaque. Ils burent en même temps l'*eau de la force*, la recrachèrent. En ce début de soirée, le gigantesque Ryogoku Kokugikan était plein comme un œuf. Après une journée entière consacrée à la piétaille, la foule avait afflué pour admirer les derniers combats qui opposaient les lutteurs des rangs les plus élevés.

Il avait acheté un large imperméable gris dans une supérette ; ce vêtement le couvrait jusqu'aux mollets et cachait le sabre fixé à sa ceinture. Il sortait de chez un de ces coiffeurs à mille yens qui vous refont une beauté en dix minutes ; il lui avait demandé de lui raser la tête, le brave garçon s'était exécuté sans discuter. Je ne ressemble plus au dénommé Nikko Thomson, se dit-il en remontant les travées. Je ressemble à un *ronin*, un samouraï déchu et sans maître qui erre sur les routes à la recherche d'une combine de survie, d'un contrat à la solde des yakuzas. Tu aimerais cette histoire, Rai, toi qui te gaves de mangas épiques.

La salle retenait son souffle. Les lutteurs s'élancèrent pour s'empoigner. Le plus petit avait agrippé le *mawashi* de son adversaire, une montagne de chair tremblotante qui devait bien faire le double de son poids. En quelques secondes, le géant se retrouva propulsé hors de l'arène dans une envolée cataclysmique.

Nikko continua de scruter la foule. Il trouva facilement Sago dans la zone réservée aux VIP, à côté d'un Occidental en costume clair, à qui il semblait expliquer les règles du tournoi. Son garde du corps habituel, le gros Ryu, était assis derrière eux. Nikko s'installa à bonne distance, et fit mine de suivre le spectacle. Les lutteurs tanguaient, passant d'une jambe sur l'autre, tels de monstrueux bébés cherchant l'équilibre, demi-dieux graves et ventrus, créés par un peuple svelte pour s'offrir un vertige contradictoire.

Nikko disposait de pas mal d'informations au sujet de Chomei Sago. Une des plus triviales, et des plus importantes du moment, était que sa pros-

tate lui jouait des tours. Nikko consulta sa montre.
L'heure du dernier combat du tournoi approchait.

*

Il était perché sur la lunette des toilettes et attendait, les yeux clos, dans la posture d'un oiseau qui
guette le lever du jour et le réveil des moustiques.
De cette façon, il entendait mieux les voix et serait
à même de reconnaître celle de Sago. Ce fut bientôt
la ruée.

– Vous avez eu la chance d'assister à un match
remarquable, mister Jenkins. Ce sont des *rikishi*[1]
de grande classe. Malgré son avantage de soixante-
dix kilos et vingt centimètres, le Hawaïen a perdu
au profit du Bulgare Kotooshu. Savez-vous que le
sumo trouve ses origines dans la nuit des temps ?
On dit que le premier combat s'est déroulé entre
deux divinités. Pour moi, chaque tournoi est l'occasion d'une plongée dans l'âme de mon peuple.

Nikko avait reconnu la voix de Sago. Son anglais
haché. Son baratin prétentieux. Le crapaud s'entre-
tenait avec son visiteur étranger. Les portes cla-
quaient, les chasses d'eau chantaient, les amateurs
commentaient le match avec entrain. Nikko quitta
la cabine et se dirigea vers le lavabo. Il se lava les
mains en scrutant la file d'attente dans la glace.
Plongés dans leur discussion, Sago et son invité se
tenaient à peine à deux mètres de lui. Ryu le gorille
attendait dans l'entrée, bras croisés sur sa grosse

1. Lutteurs de sumo aguerris.

bedaine. Et dire que Ryu signifie *dragon*, pensa Nikko, quelle rigolade.

Nikko écarta son imperméable et dégaina son sabre. Quelques hommes restèrent pétrifiés, la majorité s'enfuit, dont mister Jenkins, le courageux ami de Sago-san. Le temps que Ryu sorte son flingue de son holster, Nikko avait déjà posé sa lame sur le cou de Sago. Une goutte de sang perlait de sa pomme d'Adam et allait souiller sous peu le col de sa chemise. Ryu se mit à brailler des menaces, son flingue pointé au bout de ses bras raidis, mais Nikko les ignora. Il lui suffisait d'un léger mouvement du poignet pour entamer la trachée de l'homme-crapaud.

– À genoux, ordonna-t-il.

Sago obéit. Ryu venait de sortir son mobile et appelait les flics. Nikko se doutait bien qu'ils étaient déjà sur place et ne tarderaient pas à débarquer. Ça arrangeait ses affaires. Il les attendit sans bouger sa lame d'un millimètre. L'homme-crapaud n'en menait pas large. Il tremblait de trouille. Il ne subsistait plus grand-chose du puissant Sago dans cette carcasse qui sentait la sueur acide. Les flics rappliquèrent, essayèrent de discuter et dégainèrent. Nikko se retrouva mis en joue par au moins quatre flingues. Mais sa posture ne s'était pas modifiée d'un iota.

– C'est toi qui as fait exécuter Yamashita, Sago ?

– Mais non.

– Parle plus fort, Sago. On t'entend mal.

– Ce n'est pas moi. J'avais besoin de Yamashita.

– Dis-leur que tu m'as engagé, Sago. Vas-y.

Sago bredouilla quelques mots inaudibles, alors Nikko se répéta en hurlant.

– DIS-LEUR.

– J'ai fait engager cet homme, Nikko Thomson, comme chauffeur chez le politicien Jiro Yamashita.

– Pour quoi faire, Sago ?

– Être tenu au courant des faits et gestes de Yamashita.

– Pourquoi, Sago ? La police a besoin de comprendre. Explique-leur.

– Yamashita était lassé de la politique. Il déprimait. Il voulait quitter son poste.

– Et la Shinankyo avait investi des millions dans Yamashita-san et le parti New Japan, c'est ça ?

– C'est ça.

– Alors tu as mis un contrat sur Ève Steiner, la jeune Française qui faisait chanter Yamashita-san. Parce qu'elle savait qu'il se droguait. Et pouvait alerter la presse et déclencher un énorme scandale. Et, pour ça, tu t'es adressé à la petite amie du yakuza Boss Gonzo. Pas parce qu'elle était une yakuza, mais parce qu'elle faisait partie de la Shinankyo. C'est bien ça ? C'EST BIEN ÇA, SAGO ?

– Oui, c'est bien ça.

– Dis-leur son nom. Comme ça, ils sauront que je n'invente rien.

– Sayuri Kirino.

– RÉPÈTE.

– Sayuri Kirino.

– Et Sayuri a fait ce que tu lui as dit ?

– Oui.

– Comment a-t-elle tué la *gaijin* ?

– Avec un couteau de plongée qu'elle portait toujours à la cheville.

– Sayuri a dit que tu comptais me faire porter le chapeau à sa place, c'est la vérité ?

– Avec ce que tu es en train de faire, tu n'as aucune chance de…

– Réponds-moi.

– Oui, c'est vrai. On allait tout te mettre sur le dos.

Nikko pensa à Rai. Il ne pouvait pas le laisser à la merci du crapaud Sago. Il fallait nettoyer la place.

– Eh, Sago ?

– Oui ?

– Regarde-moi dans les yeux.

Le patron de la Shinankyo obéit.

– Dis bonjour au Père de Lumière de ma part, vieux schnock.

Et Nikko Thomson n'eut qu'un léger mouvement de poignet à faire pour sectionner la trachée. Le flot de sang jaillit en oblique. Un officier tira, atteignit Nikko à la cuisse droite. Dans sa chute, Nikko finit de trancher la tête de Sago.

*

Une jeune femme en uniforme servait du thé vert et proposait des triangles de riz froid emballés dans des algues qui n'intéressaient personne. Louise et Florent faisaient face à Hata et au jeune sergent Mimura, assis derrière un bureau, calés dans l'ombre. Autour d'eux, le ballet incessant des hommes qui répondaient au téléphone, apportaient des notes ou s'arrêtaient pour écouter. Hata n'avait pas réagi lorsque Louise lui avait déclaré que Nikko Thomson était lâché dans la nature, armé d'un sabre, et qu'il était probablement responsable du massacre des bains d'Asakusa. Le lieutenant se focalisait sur la fin du docteur Yamashita.

– Veuillez m'expliquer pourquoi vous avez tardé à déclarer votre découverte des corps de Yamashita-san et Mukoda-san.

– Pour récupérer les reliques d'une sainte mérovingienne.

– Pardon ?

– Le reliquaire appartient à mon pays. Il a voyagé jusqu'ici dans une banale caisse en pin. Il est sous la responsabilité de mon client, l'évêque Chevry-Toscan.

– C'est pour cette recherche que vous avez été mandatée au Japon ?

– En effet, mentit Louise. Mon client souhaitait faire annuler la vente. L'affaire a traîné en longueur parce que Jiro Yamashita a prétendu que Florent lui avait vendu un livre ancien, et non pas des reliques.

– C'est la vérité, monsieur Chevry-Toscan ?

– Oui, lieutenant. Mon oncle m'avait refusé un emprunt avec lequel je comptais payer les dettes de ma fiancée. J'ai décidé de lui voler les reliques.

Hata le dévisagea, l'air de ne pas croire un instant à sa version.

– Le sergent Mimura a découvert que le père de votre fiancée travaillait jadis pour l'antiquaire Mukoda. Vous n'êtes donc pas le seul impliqué dans ce vol, monsieur Chevry-Toscan.

– Jun n'a rien à voir là-dedans, mentit Florent avec aplomb. C'est Yuki Mukoda qui m'a suggéré de voler les reliques. Elle savait que Yamashita ne résisterait pas à une pièce aussi morbide, et aussi rare.

– Mukoda soudoyait du personnel de l'aéroport pour passer des œuvres clandestinement, ajouta Louise. Nikko Thomson a massacré la collection Yamashita à coups de sabre, mais vous retrouverez des toiles de valeur. Très certainement volées.

– Rien ne vous empêchait de m'alerter une fois chez Yamashita-san, mademoiselle Morvan. Et vous êtes entrée par effraction.

– Je l'admets, et vous prie de bien vouloir m'en excuser. Mais je vous garantis que nous ne sommes en rien responsables de la mort de Yamashita et Mukoda.

Hata prit un document que lui tendait le sergent Mimura.

– Les premiers résultats du médecin légiste le confirment, admit-il. Pas de trace de violence sur les corps. Nous avons les indices du *shinju*, le double suicide amoureux. C'est moins fréquent qu'à l'époque d'Edo mais ça existe encore. Ce qui est plus rare, c'est le *shinju* entre personnes de cette génération. Les suicidés sont plus jeunes, d'habitude.

– Yamashita était en pleine dépression, apparemment.

– Évitons les vaines supputations et concentrons-nous sur les faits, si vous voulez bien, mademoiselle Morvan.

– Yuki Mukoda a révélé à Ève Steiner qu'il se droguait. Il savait que sa carrière politique était terminée, ça ne lui faisait ni chaud ni froid. Un tel détachement en dit long.

– Yamashita-san a pourtant payé mademoiselle Steiner pour qu'elle garde le silence. Il a d'ailleurs noté le montant et le destinataire dans son livret de comptes.

Le sergent Mimura avait saisi un cahier brun et le tendait à son patron avec déférence.

– Il m'a fait l'effet d'un esthète en bout de course, dit Louise. Mukoda le savait. Elle attendait son heure, et a mis des années à obtenir ce qu'elle voulait. Un suicide avec l'homme de sa vie. Celui qu'elle ne pouvait pas épouser parce qu'ils n'étaient pas du même rang.

– Comment le savez-vous ?

– Yuki Mukoda me l'a dit.

– Quel intérêt avait-elle à vous faire ces révélations ?

– Mukoda s'était déjà confiée à Ève Steiner. Toutes les occasions étaient bonnes pour compliquer la vie de Jiro Yamashita. Et personne n'aurait pu l'empêcher d'aller jusqu'au bout de son projet. Ni Ève ni moi.

– Revenons à mademoiselle Steiner. Mukoda-san lui apprend que Yamashita-san se drogue et elle décide de le faire chanter. C'est bien ça ?

– C'était l'occasion de rentrer en Europe avec un peu d'argent pour redémarrer à zéro. Ève avait tendance à boire, je crois qu'elle a agi sans trop réfléchir. D'après ce que m'a appris Mukoda, Ève jugeait que Yamashita méritait ce qui lui arrivait. Moi, je crois qu'elle regrettait de m'avoir manipulée. Sans ses remords, elle serait encore vivante.

– Qui vous dit que vous n'étiez pas visée ?

– Je n'ai jamais fait chanter Yamashita.

– Vous insinuez qu'il aurait commandité le meurtre ?

– J'insinue plutôt que Chomei Sago, patron de la Shinankyo et grand sponsor du parti New Japan, a un rapport direct avec l'assassinat d'Ève Steiner. Le chauffeur de Yamashita parcourt d'ailleurs tout Tokyo à sa recherche.

Hata lui décocha un regard glacial. Louise remarqua l'expression étonnée du jeune sergent. Les déclarations sans détour ne devaient pas faire partie de son quotidien.

– Louise a raison, intervint Florent.

– Vous avez des informations de première main, monsieur Chevry-Toscan ? demanda Hata avec une pointe d'ironie dans la voix.

– Chez Boss Gonzo, j'ai vomi tripes et boyaux mais je n'ai pas perdu complètement le nord. Un *chimpira* appelait une ambulance pour sauver une fille à qui quelqu'un – sans doute Nikko Thomson – venait de trancher la main au sabre.

Chevry-Toscan s'interrompit. Visiblement marqué par une scène qu'il n'était pas près d'oublier.

– Eh bien, continuez, lui ordonna Hata, le visage impassible.

– Je la connaissais. Chaque fois que j'ai rencontré Boss Gonzo au sujet de la dette de ma fiancée, elle était présente. C'était sa petite amie…

– Oui, il s'agit de Sayuri Kirino, et alors ?

– Sayuri Kirino portait un pendentif. Avec l'emblème de la Shinankyo. Un phénix tenant un éclair dans son bec. J'ai vu ce logo sur le Net, il y a quelques heures, quand Louise faisait des recherches sur la scctc et ses liens avec le New Japan.

– Je ne connais pas Chomei Sago, ajouta Louise, mais si vous comptez l'interroger au sujet de son implication dans l'affaire Steiner, faites-le avant que Nikko Thomson ne l'ait transformé en sashimi.

Le sergent Mimura ne put s'empêcher de sourire. Avant de se reconstituer vite fait un visage neutre.

– Merci de vos conseils, mademoiselle, mais nous avons déjà pris ce problème en considération, répliqua Hata. Et à ce propos, j'ai à faire. Je laisse à mes officiers le soin de vérifier vos déclarations. Le sergent Mimura est en charge du groupe.

– Ça fait déjà quatre heures de vérification, lieutenant, gémit Louise.

Hata lui adressa un mince sourire, salua l'assistance et quitta la pièce. Le sergent Mimura ouvrit le dossier que son patron avait laissé sur le bureau.

*

– Pourquoi avez-vous enquêté sur Yuki Mukoda ?

– Comment saviez-vous que l'antiquaire projetait de se suicider chez Yamashita-san ?

– Sur la base de quels renseignements vous êtes-vous rendue à la villa du docteur ?

Sous la houlette de Mimura, Louise et Florent furent interrogés dans des bureaux séparés, et le feu des questions roula et roula encore, rythmé par la traduction du sergent à l'intention de ses collègues. Le jeune officier parlait anglais presque aussi bien que son patron et, s'il était plus agréable à regarder, il était au moins aussi pénible. À quatre heures du matin, la bienveillante jeune femme en uniforme offrit du soda et une nouvelle tournée de riz froid. Cette fois, Louise engloutit les triangles enrobés d'algues comme si ses papilles gustatives n'avaient jamais servi.

32

Le lieutenant Hata refit surface vers midi. Il ouvrit grand la porte à Louise.

– Vous pouvez partir, mais ne quittez pas Tokyo, je vous prie. Le sergent Mimura raccompagnera monsieur Chevry-Toscan à son domicile.

La perspective de servir de nounou à un *gaijin* traumatisé ne semblait guère enchanter le jeune officier. Ses yeux étaient injectés de sang, son énergie vacillante ; Louise eut envie de lui donner une petite claque dans le dos, mais se retint.

– Dernière requête : pouvez-vous mettre vos talents d'enquêteuse en veilleuse et nous laisser faire notre travail ? Je vous en serai infiniment reconnaissant.

Louise s'arrêta sur le seuil. Ken Fujimori attendait dans le couloir, des écouteurs dans les oreilles, tapant du pied sur un rythme inaudible. Il la laissa venir à lui. Ils quittèrent le commissariat, marchèrent en silence jusqu'au parking.

– Comment te sens-tu ?

Elle se dit qu'elle aimait décidément cette voix grave et retenue. Une voix d'acteur.

– Épuisée. Mais ravie de te voir.

Elle ne protesta pas lorsqu'il emprunta la voie express pour quitter Tokyo. Il mit de la musique, elle paria pour Cannonball Adderley, et se laissa bercer. Quand elle se sentit mieux, elle lui raconta ce qu'elle avait appris, et encaissé. Ils rallièrent une ville de bord de mer. Louise aperçut le Pacifique au détour du chemin, sa surface lisse. Il portait bien son nom.

– Ce Nikko me plaît, dit Ken.

– Pourquoi ?

– Parce que ce n'est pas un truand.

– Et alors ?

– Je commence le tournage d'un polar. J'ai le rôle d'un truand désespéré. Ou plus exactement d'un flic infiltré chez les truands.

– Félicitations.

– Tu sembles vraiment contente pour moi.

– Mais je le suis. Tu parlais de Nikko…

– J'aimerais que mon personnage lui ressemble. Malheureusement, ce n'est pas le cas. Mon personnage se comporte comme un yakuza stéréotypé. Je pense que quand Hata l'aura arrêté, Nikko Thomson lui donnera du fil à retordre. Ça va le changer.

– De quoi ?

– Dans mon pays, les suspects avouent plutôt vite, en général.

– Les interrogatoires se pratiquent à la gégène, ou au nunchaku ?

– Les flics créent un climat psychologique qui met le criminel amateur dans une situation insupportable. Ils insistent sur son comportement antisocial, lui font comprendre qu'il a enfreint les lois du groupe. Le cauchemar pour un Japonais.

– Le cauchemar pour toi ?

– Moi, je suis incapable de vivre dans une société normale. Je suis un fou. C'est pour cette raison que je suis comédien.

– La plupart des artistes sont comme ça. Le public le sait, et pardonne.

– Mes compatriotes ont besoin de croire que tu es exactement comme eux. Tu peux délirer sur scène, mais dans la vie tu as intérêt à être un type normal.

Louise réalisa que c'était la première fois que Ken parlait de lui sur le ton de la confidence. Elle eut une envie passionnée de fouiller les moindres recoins de sa vie. Même les plus glauques.

– Ève couchait avec Akira, elle allait quitter Tokyo. Tu as encaissé ça avec philosophie. Akira prétend que c'est parce que tu ne l'aimais pas assez. Moi, j'ai besoin de savoir.

– C'est dans le cadre de ton enquête ? répliqua-t-il avec un sourire.

– Quelle importance ? Tout se mélange, n'est-ce pas ?

– Si je te dis que j'aime les femmes qui me résistent, ça te convient ?

Louise n'eut pas le temps de réagir. Ken venait de se garer sur un minuscule parking.

– Où sommes-nous ?

– À Kamakura, l'ancienne capitale impériale. J'ai pensé que le vent de l'histoire et l'air de la mer te feraient du bien.

*

Elle avait contourné le Bouddha pour accéder à la boutique de souvenirs, acheté un porte-clés à son effigie, et des cartes postales de la gigantesque statue de bronze sous la neige de printemps, moment magique de la chute des fleurs de cerisier, moment qu'elle ne connaîtrait pas. Découvrant des portes ouvertes dans le dos du géant vert, elle imagina un moine juché sur une échelle, remontant les clés d'un mécanisme qui donnerait vie au corps puissant jusqu'alors assis en tailleur dans une paix immense. Elle revint sur ses pas pour observer le visage le plus calme qu'il lui ait été donné de contempler et, parce que la nuit avait été longue, ou parce que les méandres de son enquête la travaillaient toujours, elle sentit des vibrations provenant de la statue. Des ondes bienfaisantes comme une brise légère.

– On dirait qu'il te plaît, Louise.

– Pas à toi ?

– Si. Les religions ne m'intéressent pas, mais je fais une exception pour le bouddhisme zen.

– Pourquoi ?

– Parce qu'il met l'accent sur le salut de l'individu plutôt que sur celui de l'humanité. Le projet me semble plus réaliste.

– Tu aspires à être sauvé ?

231

– Va savoir…

Il l'emmena dans un petit restaurant en bord de mer. Cabossée par les effets de la décalcification, la vieille propriétaire trottinait malgré tout comme une souris entre la gazinière et le réfrigérateur. Un client faisait obligeamment le service pour sa tablée – une petite famille timide –, donnant même à l'occasion un coup de torchon sur le comptoir. Louise et Ken s'installèrent au bar et regardèrent la patronne leur confectionner un tempura. Les longues baguettes de bois plongeaient dans la large poêle à la rescousse d'un escadron de crevettes ; nimbées de pâte à frire, elles évoquaient, pour une Louise affamée, des étoiles croustillantes dans une galaxie d'huile bouillante. Bientôt ce serait le tour des aubergines et des patates douces en fines lamelles, des champignons moelleux et des poivrons tendres.

– Mon arrière-grand-mère faisait mijoter ses ragoûts dans des cocottes en fonte sur un gros fourneau noir aux poignées de cuivre. Des matinées entières. Il y avait des capucines dans le jardin, des œufs en chocolat cachés sous la rhubarbe à Pâques.

– Tu vis si bien dans le passé, Louise. Je suis incapable d'aimer mes souvenirs. Et d'ailleurs, ils le sentent et se font oublier.

– Personne n'y arrive, à part les amnésiques…

– Toi, je ne suis pas près de t'oublier. Le désordre dans ma vie. Tout à coup.

Il riait en la regardant. Il venait de prononcer l'une des phrases les plus blessantes qu'elle ait pu entendre la concernant, et pourtant elle ne lui en voulait pas, et souffrait à peine. Sans doute était-elle en passe de larguer son passé, elle aussi. Il lui semblait que des pans entiers de sa vie s'écaillaient. Ils tomberaient, la laissant légère et vide. Elle allait peut-être pouvoir commencer à vivre. Pour rien ni pour personne, mais simplement parce que la mort s'était déchaînée autour d'cllc, et qu'elle avait eu très peur. Elle avait ressenti comme une boule d'énergie remontant du fond de sa lassitude.

L'avenue côtière empestait les gaz d'échappement et l'asphalte trop chaud, mais derrière la barrière des tréteaux où les pêcheurs faisaient sécher des algues brunes, ils trouvèrent une zone à peu près fraîche sous la brise marine. Le sable était d'un gris sale, des détritus jonchaient la plage.

– On rentre à Tokyo ?

– Il le faut. Mon tournage commence cette nuit.

Quand il la déposa devant l'immeuble d'Iidabashi, elle lutta contre l'envie de lui demander de monter. Il caressa sa joue d'un doigt, elle sortit vite de voiture.

33

Elle fut réveillée par la sonnerie de son mobile. Florent Chevry-Toscan lui rappelait que son oncle arrivait demain, avec la ferme intention de récupérer son reliquaire.

– Et comment comptes-tu le retrouver ? demanda Louise en écrasant un bâillement.

– C'est bien pour ça que je te téléphone.

233

– Rejoins-moi à Iidabashi. J'emprunte son studio à Michael Murat. Deux têtes valent mieux qu'une. On va trouver une solution.

En raccrochant, elle se remémora les dernières déclarations de Nikko. *Je vous ai parlé de mon frère, Morvansan. Mon frère Rai. Allez le sauver. Vous avez un visage de madone, autant que ça serve à quelque chose.* Il n'avait pas répondu à sa question lorsqu'elle lui avait demandé où se trouvaient les reliques. Ou alors, y avait-il répondu ? Elle se leva pour aller à la cuisine, sentit une présence. Elle pensa se barricader dans la salle de bains, appeler au secours par la fenêtre. Un étau l'immobilisa, elle fut projetée au sol. Un corps la recouvrit tout entière. Un corps solide, dru.

– Qu'est-ce que tu fabriques, Louise ?

La voix de Murat. Déjà, il desserrait son étreinte, la libérait. Elle accepta la main qu'il lui tendait.

– Je peux savoir pourquoi tu me prends pour un ballon de rugby ?

– J'ai cru que tu me fuyais.

– Tu ne m'as même pas laissé le temps de t'apercevoir.

– Je vais nous faire un bon café, on va parler tranquillement.

– Qu'est-ce que tu fais ici ? lui demanda-t-elle en le suivant à la cuisine, les jambes encore vacillantes.

– Je suis chez moi, je te le rappelle. Et je suis entré avec mes clés. Si tu ne voulais pas être surprise, il fallait mettre la chaîne de sécurité.

Elle le regarda préparer le café. Il lui sourit. Elle resta de marbre.

– Tu es très belle. On ne dirait pas que tu as passé la nuit au poste.

– Qui t'a mis au courant ?

– Le lieutenant Hata. N'oublie pas qu'on est de la même boutique, lui et moi.

– Je n'oublie pas. Alors, qu'est-ce que tu veux ?

– Je te trouve bien agressive, Louise. Moi qui comptais te tenir au courant des derniers développements de l'enquête. Ce n'est pas une fleur que te ferait Hata.

Il lui apprit que Nikko Thomson avait été arrêté dans le fief tokyoïte du sumo, après avoir décapité Chomei Sago.

– Auparavant, Thomson a pris soin de lui faire avouer son implication dans la mort d'Ève. C'est Sayuri Kirino, la petite amie de Gonzo, qui était en charge du contrat.

– Oui, malheureusement pour Gonzo.

– Pourquoi « malheureusement » ?

– Je ne pouvais pas m'empêcher de trouver ce yakuza sympathique. Il avait un rire de type qui ne prend pas de gants, qui dit la vérité.

– Tu juges les gens à leur rire. Intéressante méthode.

Il n'avait eu qu'un sourire fin. Elle le toisa un moment.

– Sago avait fait engager Nikko Thomson comme chauffeur chez Yamashita, reprit-il. Mais Nikko s'est attaché au bonhomme. Jusqu'à ne plus supporter son rôle de cafard. Sago comptait lui faire endosser le meurtre d'Ève. Nikko a voulu protéger sa famille des représailles des yakuzas et des religieux. Il a réglé ses problèmes à coups de sabre, et fait un bain de sang.

– Ça change de ceux qui règlent leurs comptes en douce.

Elle continuait de le dévisager.

– Qu'est-ce que tu insinues au juste ?

– Gonzo m'a dit que ce n'était pas son *chimpira* qui m'avait agressée au Togo Jinja.

– Et tu l'as cru ?

– Bien sûr.

Elle lui parla de la recherche que Jean-Louis Béranger avait faite pour elle auprès de l'OCBC.

– C'est une femme qui a flingué ta carrière, Michael. C'est cette même femme qui t'a poussé à redémarrer à zéro au Japon. Si tu ne fais pas d'étincelles à Tokyo, tu n'en feras jamais plus ailleurs.

Il n'avait pas perdu son sourire. Il sortit deux tasses du placard, fit le service.

– Du sucre dans ton café, Louise ?

– Non merci.

– Ça ne m'étonne pas de toi. Tu es une coriace.

– Pas tant que ça. J'ai du mal à me remettre de la leçon de calligraphie au chalumeau. Surtout depuis que je sais que c'est toi qui as fait le coup.

Son sourire s'élargit, et il hocha la tête d'un air admiratif.

– Je t'ai sous-estimée, Louise. Au temps pour moi.

– Quel était le but de l'opération ? M'évacuer du paysage pour récupérer seul les reliques et t'attribuer le bénéfice de l'enquête ? Au début, Edmond Chevry-Toscan ne s'était pas rendu compte que les reliques avaient disparu de la basilique Saint-Martin. De son côté, Florent ne s'est aperçu du vol de Jun Yoshida qu'une fois à Tokyo. L'évêque t'avait demandé d'enquêter sur son neveu et ses ennuis éventuels. Quand il a constaté la disparition du reliquaire, il a fait marche arrière. Et t'a demandé de laisser tomber. Entre-temps, tu avais enquêté et compris que Yuki Mukoda, une de tes vieilles connaissances du trafic d'art, était impliquée. Tu as flairé le gros coup, tout en faisant mine de te laver les mains de l'enquête. Ton désistement apparent arrangeait l'évêque.

– C'est un peu libre comme résumé, mais il y a de ça.

– Mon instinct me disait que ça ne pouvait être que toi. La pression de ton corps, tout à l'heure, quand tu m'as plaquée au sol a été un déclencheur. Tu m'avais privée de mes sens au Togo Jinja. Sauf du toucher.

– J'aurais dû me douter que ça te suffirait. On avait eu une nuit très tactile tous les deux, du temps où on s'aimait sans arrière-pensée…

Elle referma ses doigts sur l'anse de sa tasse. Et lui jeta son café au visage avant de prendre la fuite. Il esquiva, la tasse se fracassa contre le mur. Il rattrapa Louise dans l'entrée, la plaqua contre la porte.

– Tu vas me manquer, Louise.

– Pas toi.

Il la maintint d'une main, la gifla de l'autre. Elle essaya de s'échapper, il la gifla encore.

– Où sont les reliques ?

Il l'entraîna dans la salle de bains, la menotta au radiateur mural, remplit la baignoire d'eau froide. Il la détacha pour la menotter une nouvelle fois, poignets dans le dos. Il l'agrippa par le cou, lui plongea la tête jusqu'aux épaules dans l'eau, la maintint une longue minute.

– Espèce de salaud !

– Simplifie-toi la vie, ma belle. Dis-moi où sont les reliques.

– Va te faire foutre. De toute façon, tu n'as pas les moyens de me supprimer.

– Non, mais j'ai les moyens de te faire passer un très sale moment.

Il lui replongea la tête dans l'eau. Elle se débattit, rua des jambes, tandis qu'il la frappait de sa main libre. Mais ses coups cessèrent, et elle le sentit se ramollir. Il s'effondra sur elle et leurs deux corps basculèrent dans l'eau. Elle s'extirpa de la baignoire, vit Florent Chevry-Toscan. Il avait la cafetière italienne de Murat dans la main droite.

– J'espère que je ne l'ai pas tué, bredouilla-t-il.

– On va le savoir tout de suite, si tu te décides à le sortir de là. Moi, je ne peux pas. Je suis menottée.

Il agrippa Murat par le col de sa chemise, trouva les clés des menottes dans une de ses poches et libéra Louise.

– Murat n'est qu'assommé. Aide-moi à le menotter au radiateur. Comment es-tu entré ?

– J'ai entendu des cris. Je suis redescendu illico voir le gardien. Il me connaît, c'est France Japan Realty qui a loué le studio à Michael Murat.

– Je suis au courant.

– Le gardien m'a prêté un double. Ça sert d'avoir une bonne tête.

– Je n'ai jamais été aussi contente de la voir.

– C'est bien la preuve qu'il faut un début à tout, Louise.

34

Une odeur de bois brûlé flottait dans l'air, une partie des lambris et du parquet montrait une teinte noirâtre, mais l'état des lieux ne semblait pas distraire les jeunes élèves. Ils se tenaient en rang, parfaitement immobiles dans leur sombre tenue. Le *sensei* maintenait son sabre de bambou à la verticale, son bouclier bombé évoquant une carapace de scarabée. L'arme s'abattit, tranchant net le corps d'un ennemi imaginaire. Sa démonstration faite, le maître fit un signe rapide et le *dojo* s'emplit du mouvement des combattants.

Derrière le casque grillagé, Louise devina des yeux calmes, un nez à l'arête mince. Il s'avança, les pans de son large pantalon bleu nuit battant l'air. Il dénoua les liens de son casque, révélant un visage ascétique aux méplats bien dessinés, assorti aux cheveux ras.

Louise demanda à Florent d'assurer la traduction et expliqua à Hideo Kaneda qu'elle avait eu un contact avec son beau-fils avant son arrestation. Le vieux maître leur apprit que la dernière visite de

Nikko remontait à plus d'une semaine, mais qu'un *gaijin* était passé tôt ce matin. Un certain Michael Murat de la police française. Il avait exigé qu'on le laisse fouiller la maison à la recherche d'un objet volé par Nikko.

– Mais Murat n'a rien trouvé, expliqua Florent. En tout cas, je constate que Hata l'a bien renseigné.

Louise comprit que le lieutenant avait tenu Murat au courant de leurs interrogatoires en temps réel. Et lui avait appris que le jeune chauffeur avait emporté les reliques. Elle demanda à Florent de traduire les dernières paroles de Nikko. *Je vous ai parlé de mon frère, Morvan-san. Mon frère Rai. Allez le sauver. Vous avez un visage de madone, autant que ça serve à quelque chose.*

Le visage de Hideo Kaneda s'assombrit. Louise s'éloigna pour laisser les deux hommes converser.

– Kaneda dit que Nikko a un demi-frère, expliqua Florent. Le problème, c'est que le jeune Rai est un *hikikomori*. Un garçon qui a choisi de se couper de la société en vivant cloîtré. Il ne quitte pas sa chambre, n'adresse plus la parole à ses parents depuis des années. Son seul contact avec le monde extérieur est son ordinateur.

– Les parents ne font rien ?

– L'interventionnisme n'est pas plus prisé que les psys dans ce pays. C'est comme ça.

– Demande à Kaneda de nous laisser lui parler.

– C'est déjà fait et il est d'accord. Mais à condition qu'on n'essaie pas d'entrer de force dans sa chambre.

– Il a ma parole.

Kaneda confia le cours à un assistant, alla se changer, et fit monter Louise et Florent à l'étage. Il les présenta à sa femme, occupée à cuisiner. Les traits tirés, Kiong-Hok Kaneda ne devait pas en être à sa première nuit blanche. Elle s'adressa en anglais à Louise pour lui confirmer que Nikko n'était pas venu déposer quoi que ce soit à la maison.

– Votre fils était poursuivi par la police quand il s'est emparé des reliques. Il est peut-être passé chez vous sans que vous l'ayez vu.

– Oui, c'est possible. Nikko a son trousseau de clés.

Kiong-Hok garnit un plateau de mets odorants et le fit glisser par une sorte de chatière dans la chambre de Rai. Elle proposa à Louise et Florent de partager le repas familial. Ils acceptèrent. Kiong-Hok mangea à peine, se leva pour récupérer le plateau qui venait d'être glissé par la trappe. Personne n'avait envie de parler et c'était un avantage pour Louise. Elle était arrivée à une conclusion qui en valait bien une autre. En aidant Kiong-Hok Kaneda à faire la vaisselle, elle lui expliqua qu'elle comptait s'adresser à Rai à travers la porte, et lui demanda d'assurer la traduction.

– Je voudrais simplement que vous lui expliquiez qui je suis. Et que vous lui répétiez les dernières paroles de son frère.

Kiong-Hok fit ce qu'on lui demandait tandis que Florent et Kaneda, restés en retrait, fumaient assis en tailleur sur les tatamis.

Louise entendit un déclic. La serrure de la porte de Rai. Elle sentit Kiong-Hok se rapprocher d'elle, presser son bras. La porte s'ouvrit. Louise découvrit un grand jeune homme maigre, au visage très pâle et aux cheveux qui lui descendaient jusqu'aux épaules. Il tenait le reliquaire dans ses bras. Rai regarda assez longuement Louise et le lui tendit. Puis il s'avança vers sa mère et posa sa tête sur son épaule.

35

Louise patientait dans un fauteuil de cuir doux comme une caresse, les mains sagement croisées sur les genoux, et admirait la décoration. La suite de l'hôtel Okura valait le déplacement. Florent Chevry-Toscan semblait ne prêter aucune attention au luxe ambiant et faisait un gros effort pour se tenir le plus mal possible en se vautrant dans un élégant canapé qui n'avait pas mérité pareil traitement.

La voix de l'oncle était montée de quelques octaves. Au-dessus du col immaculé, le visage prenait une teinte rouge brique. Une esthétique inverse de celle d'une geisha, pensa Louise. L'ecclésiastique décida de demeurer sur sa lancée.

– Tu aurais pu me dire que Jun avait la pègre sur le dos.

– Je t'ai demandé un prêt. Tu as refusé.

– Tu m'as menti, prétendant vouloir t'acheter un appartement.

– Si je t'avais dit que le père de Jun, couvert de dettes de jeu, avait tiré sa révérence en laissant à sa famille la charge de rembourser les yakuza, je ne pense pas que tu aurais apprécié.

– Qu'est-ce que tu racontes ? Monsieur Yoshida n'est pas mort ?

– Non, le père de Jun est un lâche qui s'est barré en abandonnant sa famille. Eh oui, je t'ai menti et rementi…

– Je suis capable de tout entendre. Si tu m'avais expliqué posément…

– Tu te serais opposé au mariage. Tu m'avais déjà fait comprendre que Jun venait d'un milieu trop modeste pour les Chevry-Toscan.

– Et mon opposition t'aurait empêché de l'épouser ? J'en doute. Tu ne fais que ce que tu veux, Florent. La notion de devoir t'est totalement étrangère.

– Je te connais, oncle Edmond. Non seulement tu te serais opposé au mariage, mais en plus tu aurais dévalorisé Jun auprès du clan Chevry-Toscan. Et ça, c'est inadmissible.

– Comment peux-tu te permettre !

– Je sais ce qui s'est passé avec papa…

Les deux hommes semblaient avoir oublié Louise, qui se tenait coite dans son agréable fauteuil et les observait. Elle craignait de les voir se sauter à la gorge.

– Papa t'a demandé d'entrer dans le capital de son entreprise quand elle battait de l'aile. Tu n'as rien voulu savoir parce que tu jugeais que c'était un piètre homme d'affaires et qu'il allait de toute façon couler la boîte…

– Qu'en sais-tu ?

243

– J'ai entendu vos discussions, figure-toi. Je t'ai vu le rabaisser. Et je sais qu'il s'est suicidé. Il était dépressif, et tu n'as rien fait. Tu le jugeais faible. Aide-toi et le ciel t'aidera, mais ne tends pas la main à ton frère quand il ne la mérite pas.

– Tu dis n'importe quoi.

– En fait, ça m'a fait mal de te demander de l'argent à mon tour. Mais je l'ai fait pour Jun. Quand elle m'a avoué avoir volé les reliques, sous l'impulsion de l'antiquaire Mukoda, une relation de son père.

– Charmante famille ! éructa l'évêque. Un père lâche et joueur fréquentant des trafiquants d'art, une fille voleuse. Mais dans quoi t'es-tu donc fourré, mon garçon ?

Florent leva les bras dans un signe de trêve ou de dégoût, difficile à dire. En tout cas, il sembla se calmer. Louise le vit allumer sa cigarette sans trembler. Elle le trouvait de plus en plus sympathique.

– Où est passée ta compassion chrétienne, mon oncle ? Elle s'est volatilisée comme les reliques de sainte Agathe ? Mais non, pas du tout. Parce que les gens comme toi ont toujours de la chance.

Florent fit signe à Louise. Elle alla chercher le sac qu'elle avait laissé dans l'antichambre, l'ouvrit et en sortit la cassette d'ivoire et d'argent. Elle la posa sur la table et alla se rasseoir.

– Tu as eu une chance folle en choisissant l'agence Morvan Investigations, reprit Florent. Pourtant l'idée de départ était d'engager une débutante, en omettant de lui révéler l'essentiel. C'est-à-dire le fait que les reliques avaient disparu et que tu voulais les récupérer pour éviter le scandale. C'est pour cette raison que tu as caché le vol à Michael Murat. C'est un type sans scrupule mais un bon pro, il t'aurait retrouvé sainte Agathe en un rien de temps. Moralité : si tu avais été plus franc du collier, on aurait épargné pas mal de vics humaines.

Louise se redressa dans son siège : elle avait complètement oublié Murat menotté à son radiateur. Depuis vingt-quatre heures. Elle sortit téléphoner au consulat de France, expliqua toute l'affaire à un planton, et refusa de révéler son identité. À son retour dans la suite, la querelle Chevry-Toscan battait son plein.

— Évidemment, pour quelqu'un d'aussi désinvolte que toi, Florent, la réputation d'une famille n'a aucune importance. Tu n'es en charge de rien. Alors tu n'as pas à te battre pour garder ton monde en un seul morceau.

— Splendide, ton numéro de patriarche blessé, mais personne ne t'en demande autant. Et en l'occurrence il s'agit de ta réputation, pas de celle de la famille. Si la presse apprend que l'évêque Chevry-Toscan a laissé la fiancée de son neveu s'envoler avec les précieuses reliques, c'est l'évêché qui va en prendre un coup, pas la dynastie.

Plutôt que de répliquer, l'évêque préféra se diriger vers le bar et s'offrir une rasade du premier alcool qui lui tomba sous la main. Louise consulta discrètement sa montre : il n'était pourtant que 10 h 30 du matin. Florent attendit que son oncle aille s'échouer dans un fauteuil avant de reprendre :

— Bon retour en France, et salue bien le clan pour

245

moi. J'enverrai des invitations à mon mariage à chacun. Vous êtes tous les bienvenus. Même toi.

Il sourit à Louise et sortit. Elle observa l'évêque. Le naufrage du *Titanic*, version intimiste ; Edmond Chevry-Toscan sombrait dans son luxueux fauteuil. Il contemplait ses élégantes chaussures anglaises, les épaules avachies, pour une fois oublieux de son rang. Louise attendit, tranquille, un sursaut de dignité.

– Je vous remercie pour votre travail, mademoiselle Morvan.

– Je vous en prie.

– Bien sûr, cette histoire va rester strictement entre nous.

– Strictement. En tout cas, si elle filtre dans la presse française, ce ne sera pas de mon fait.

– Excellent. L'abbé Courrère va vous régler vos derniers frais. Encore merci.

Never complain, never explain[1], pensa Louise en tâchant de réprimer le sourire ironique qui lui chatouillait les joues. L'évêque plairait beaucoup à ma mère, pensa-t-elle en se dirigeant vers la porte. En revanche, il n'aurait pas plu à mon oncle.

*

Elle acheta son billet au guichet et se glissa dans le théâtre. Installé sur son coussin mauve, il déclenchait des vagues de joie dans la salle pleine à craquer. Elle se tint contre la rambarde, comme jadis avec Ève Steiner. Elle sentit qu'il l'avait repérée.

1. « Ne jamais se plaindre, ne jamais se justifier ».

Elle attendit la fin du spectacle, emportée par la diction de Ken Fujimori et la beauté de ses indéchiffrables histoires.

Il la retrouva dans la rue noyée dans les néons. Il portait un costume noir, une chemise blanche au col déboutonné, ses cheveux noirs étaient en bataille, ses yeux rieurs. Il lui prit la main, l'entraîna vers une destination inconnue. En chemin, elle lui apprit les derniers événements. Il la questionna au sujet de la fin de Chomei Sago, de l'arrestation de Nikko Thomson. Il l'écouta avec une attention redoublée quand elle lui raconta le retour des reliques et les retrouvailles de Rai Kaneda avec le monde des vivants. Elle sut à la lueur dans son regard qu'il envisageait déjà d'en faire une histoire. Il eut un sourire léger en apprenant les circonstances de la séparation de l'oncle et du neveu.

Il s'arrêta devant un étrange bâtiment aux murs noir, rose et blanc, à la haute tour maigre surmontée d'une enseigne intitulée « Charmé ». Ils entrèrent dans un hall couvert de miroirs. Ken entraîna Louise vers l'accueil, paya une caissière, récupéra une clé. Il laissa Louise entrer la première dans l'ascenseur.

– C'est un love-hôtel ? demanda-t-elle alors qu'il appuyait sur le bouton du cinquième étage.

– J'en ai bien peur, répondit-il en la prenant dans ses bras.

Il l'embrassa longuement dans le couloir, ne lâcha pas sa taille pour ouvrir la porte. Elle révéla une chambre éclairée par des lanternes, pourvue d'un cerisier aux fleurs immaculées, d'un lit tendu de soie rouge et d'une fresque très réussie qui évoquait la vue sur une rivière depuis la fenêtre antique d'un pavillon de bois.

– Bienvenue à Gion, le quartier des plaisirs de Kyoto, murmura-t-il en éteignant la lumière.

Les lampadaires de la rue redessinèrent les contours de la chambre. Louise devina son corps quand il se déshabilla. Il vint vers elle, lentement. Agenouillée, elle posa sa tête contre ses cuisses tandis qu'il jouait avec ses cheveux. Le parfum de sa peau lui donna le vertige. Un vertige périlleux qui était précisément celui qu'elle avait imaginé.

36

Elle lui administra une gifle retentissante. Le visage ruisselant de larmes, elle hurla avec une force que sa silhouette de tanagra n'aurait pas laissé soupçonner. Une pause, histoire de reprendre son souffle, et ce qu'elle lui dit ensuite ne lui plut guère. Il la gifla à son tour, la faisant tomber à la renverse sur le lit aux draps froissés. Un bruit de soie qu'on déchire vint abîmer le silence ; elle arrachait son déshabillé à deux mains, dévoilant des seins en forme de pomme. Mais Ken avait l'appétit coupé ; il tourna les talons, révélant deux fossettes au creux des reins et le début d'une raie des fesses souriante, juste au-dessus de l'élastique de la culotte du pyjama à rayures. La fille éclata de rire ; Ken l'imita en remontant son pantalon récalcitrant.

L'habilleuse va aller se rhabiller, pensa Louise après que quelqu'un eut crié un ordre qui devait signifier « coupez ! ». Le metteur en scène avait décidé de prendre l'affaire avec bonne humeur, et une fille coiffée d'un bonnet de Schtroumpf et saucissonnée dans une jupe voléc à Olivc Oyl vint, repentante, faire un point de couture au costume de scène. Bras croisés, la costumière à ses genoux, Ken avisa Louise et lui fit signe.

Il la rejoignit à la cafétéria équipé d'une veste de survêtement et de son air décontracté.

– C'est le polar dont tu me parlais ?

– Oui, l'histoire du flic infiltré chez les truands.

– Qu'interprète l'actrice ?

– La fille d'un yakuza. Mon personnage tombe amoureux d'elle. Ça lui crée des problèmes pour continuer de faire l'agent double.

– Un tel rôle exige beaucoup de préparation ?

– J'ai suivi une équipe de la police métropolitaine pendant un mois pour capter leurs réflexes. J'ai même participé à leurs séances de karaté.

– Pour les claques, je sais que tu n'as pas besoin d'entraînement.

Il la regarda en riant.

– Je pars dans deux jours, reprit-elle.

Elle ne sut pas ce qu'elle lisait dans ses yeux. Il marqua un temps avant de la questionner :

– La police te laisse partir ?

– Hier, Hata m'a convoquée avec Edmond Chevry-Toscan pour un dernier point. La présence de mon prestigieux client a aidé à boucler le dossier une bonne fois pour toutes. Du moins, je l'espère.

– Tu lui as révélé que Michael Murat t'avait agressée ?

– Non, je laisse mes compatriotes laver leur linge sale en famille. Je déteste la délation. Si Murat arrive à se regarder dans la glace sans vomir, c'est son problème.

– C'est complètement *baka* ou très chevaleresque. J'hésite.

– Merci du compliment.

– Tu te défends tout le temps, Louise. Mais c'est toi qui me narres une histoire tragique comme si c'était drôle.

– Je suis à moitié anglaise. Ça doit être ça.

– On va vérifier si je suis capable une fois de plus de faire vaciller ton flegme britannique. Suis-moi dans ma loge. J'ai une heure de relâche.

*

Ils étaient allongés dans la pénombre, et la chaleur de son corps la rassurait. Elle se lova mieux contre lui, ferma les yeux.

– J'ai passé une partie de la nuit avec un type passionnant.

Il ne disait rien, ne bougeait pas.

– Un journaliste du *Daily Yomiuri*, reprit Louise. Il est le seul dans tout Tokyo à savoir ce qui s'est passé avant que Nikko exécute Sago. Il me devait bien ça, c'est moi qui l'ai branché sur le coup. On s'est rencontrés dans un bar, devant son journal. Il est décidé à cracher le morceau sur les méthodes de la Shinankyo.

– Qui te dit que Yamashita ne va pas se récupérer tout le blâme à titre posthume ?

Elle se redressa pour lui donner un coup de coude.

– C'est à vous de vous débrouiller, les Japonais. Vous avez une presse libre et une opinion publique. Servez-vous-en. Moi, j'ai fait mon boulot.

– C'est terriblement prétentieux ce que tu viens de dire, répliqua-t-il en l'embrassant dans le cou.

– J'aime te provoquer.

– Tu n'as pas besoin de parler pour ça.

– Et puis j'aime le rififi.

– Le *rififi* ?

– C'est de l'argot. Du temps où l'on disait les « poulets » pour les flics, et les « poules » pour les jolies femmes.

– Je ne vois pas le rapport entre une poule et une jolie femme.

– Je t'expliquerai un jour.

*

Il n'y avait aucune raison que cela s'arrête. Louise quittait Tokyo sous des torrents de pluie, et les essuie-glaces de la Nissan ramaient dans la tourmente. Quand ils passèrent le Rainbow Bridge, une version blanche du Golden Gate de San Francisco, elle ne put distinguer que les plus gros cargos dont les coques rouillées jetaient une touche de couleur dans un paysage de coton sale.

La circulation sur l'autoroute de Narita était fluide. À six heures du matin, un dimanche, seuls quelques stakhanovistes étaient de sortie ; la masse des *salarymen* récupérait, engourdie dans les bras de Morphée, après une semaine aussi abrutissante que n'importe quelle autre. Louise allait retrouver les conversations obligatoires des chauffeurs de taxi parisiens, les crottes de chiens sur les trottoirs, la pollution, les embouteillages et l'impeccable beauté des ciels d'Île-de-France.

Ils s'installèrent à la cafétéria de l'aéroport.

– J'avais projeté de te montrer un olivier.

Elle attendit la suite. Il lui expliqua que le quartier de Yanaka recelait une maison musée, celle d'un sculpteur japonais contemporain de Rodin.

– La maison est splendide, elle possède un toit-terrasse. Il y a un olivier et une vue étonnante sur Tokyo. Si la pluie n'avait pas tout gâché, je t'y aurais emmenée.

– Oui, je crois que ça m'aurait plu.

– J'aurais aimé que tu ne partes pas sur une mauvaise impression. Yanaka est un quartier charmant.

– Je ne pars pas sur une mauvaise impression.

À vrai dire, je n'ai pas très envie de partir, faillit-elle ajouter avant de se reprendre.

– J'y allais souvent étant ado. Je voulais devenir sculpteur. Je crois même que c'est sur ce toit que j'ai embrassé ma première petite amie.

– Tu vois, tu as des souvenirs, toi aussi.

– Non. Des relations. Cette ex est devenue journaliste. Elle ne manque jamais d'écrire de bonnes critiques sur mes spectacles.

– Eh bien, tu auras une relation de plus à Paris.

Elle venait d'empoigner sa valise. Il la retint.

252

– J'ai ma carrière ici. Mais je viendrai te voir en France.

– Dans un an ou deux, tu es une star. Dès la première minute où je t'ai vu dans ce bar, j'ai su que tu étais irrésistible. Dangereusement. Salut, Ken.

– Au revoir, Louise. Prends bien garde à toi.

– À Kamakura, j'ai fait des emplettes de touriste. J'ai mon porte-clés à l'effigie du grand Bouddha vert. Pas d'inquiétude.

Pépé Maurice se tenait à distance respectueuse d'un four à micro-ondes qui réchauffait deux croque-monsieur.

– Je m'approche jamais de ces machins-là. Paraît que ça peut vous cramer les roubignoles en deux coups les gros.

Robert regardait son patron d'un air approbateur. Sa longue figure jaune s'éclaircit d'un sourire.

– Louise ! Pour sûr, on s'ennuyait de toi. Tu te dorais la pilule sur la Costa Brava ou quoi ?

Elle réalisa que ses vieux compères lui avaient manqué eux aussi. Avec leurs bonnes bouilles et leurs vieilles blagues.

– Seguin ne vous a rien dit ?

– Ça fait un bail qu'on l'a pas vu. Comme toi.

– J'étais à Tokyo.

– Vache ! siffla Pépé Maurice en faisant claquer ses bretelles. C'est pas Bécon-les-Bruyères. Qu'est-ce qu'on te sert, de l'alcool de riz ?

– Merci, j'ai eu ma dose. Un jus de tomate et un jambon-beurre. Et des cornichons aussi.

– Tiens, on t'a gardé ton courrier, dit Robert en lui tendant quatre lettres.

Les trois premières étaient des factures. L'adresse de la quatrième était rédigée dans une écriture inconnue et mentionnait l'adresse du *Clairon des Copains*. Louise se dirigea vers le fond de la salle ; sa place habituelle était occupée par un couple d'amoureux transis.

– Il suffit que je m'absente cinq minutes pour qu'on me pique mon bureau. Triste époque.

Robert déposa sur la table le jus de tomate et un sandwich qui aurait gavé un éléphant.

– Je ne mangerai jamais tout ça !

– Sûr que j'y suis pas allé de main morte, mais je suis tellement content de te revoir.

Louise vit Claude Joubert pousser la porte vitrée du bistrot, le journal sous le bras. Les cheveux blonds en broussaille, des lunettes rondes cerclées de métal, il ne quittait jamais sa pipe en bruyère, la chargeant avec une méticulosité maniaque qui avait toujours fasciné Louise. Il s'installa face à elle, la salua en silence d'un sourire furtif.

– Le bœuf se porte bien, Claude ?

– Tu parles de mon patron ?

– Plutôt du taux de consommation des ménages en matière de viande bovine.

Elle ouvrit l'enveloppe adressée au *Clairon*. Elle contenait une carte postale.

– Fait trop chaud en ce moment. Ils veulent du poulet. Ils mangent ça froid avec du ketchup. Ce genre d'horreur. Moi je fais des allers-retours chambre froide, boucherie chaude. J'ai attrapé un rhume. En plein mois d'août, c'est dingue.

– Tu as vu Blaise Seguin récemment ?

– Hier soir. Comme d'habitude, il m'a acheté son entrecôte du mercredi. Il va sûrement passer. L'évêque lui a dit que l'affaire était réglée et que tu étais rentrée. On commençait à se faire du souci.

– À mon retour du Japon, je suis allée me reposer quelques jours à Saint-Malo, dans la maison de Kathleen.

– Tokyo, c'était dur ?

– Ce n'était pas vraiment le Club Med. Je compte remercier Seguin pour sa petite affaire bien tranquille.

Elle lut la carte d'un œil. Le texte ressemblait à un poème. Elle n'en comprit que des bribes ; l'écriture n'était guère soignée.

– Ça va te faire une pub d'enfer. Tiens, justement, on parle de tes Japonais dans le journal. Une sombre histoire de secte maquée avec des politiciens.

Louise écoutait en fronçant les sourcils ; elle venait de déchiffrer la signature sur la carte postale.

– Y a un problème ? demanda le boucher.

– Non. Il y a un coup de fil que j'hésitais à passer. Mais avec ce que tu viens de m'apprendre, j'ai une excuse.

– T'as bien le temps de boire un coup ?

– Sûr. Je vais devoir attendre que le jour se lève sur Tokyo. Je t'invite.

Elle fit signe à Robert. Le barman lui adressa un clin d'œil et s'activa sur les poignées de porcelaine.

Il vint glisser deux chopes devant Louise et Joubert, qui allumait sa pipe avec un Zippo en argent.

*

Elle s'attardait devant la fenêtre, admirant les arbres qui bordaient le canal. Leurs petites feuilles géométriques dansaient dans la lumière dorée du soir. Un pêcheur en short, espadrilles et débardeur Marcel avait attrapé deux poissons. Il les avait rejetés à l'eau et regardait l'onde, immobile, sa canne posée sur le quai. Louise se demandait à quoi pouvait bien penser un pêcheur sans canne à pêche. Un homme sans prétexte. Désarmé.

Elle sélectionna une pile de CD, glissa *My Favorite Things* dans le lecteur et attendit minuit.

– Louise ? Heureux que tu m'appelles enfin.

– Je viens aux nouvelles. Dans la presse française, on parle des événements politiques japonais. Est-ce que le parti New Japan est entré malgré tout dans la bagarre des élections ?

– Ils ont trouvé leur nouveau patron. Un quadragénaire avec de grosses joues d'abonné aux déjeuners d'affaires. Il n'a pas la classe de Jiro Yamashita mais c'est un bœuf râblé qui fera de beaux sillons.

– Et la Shinankyo ?

– Ton journaliste du *Daily Yomiuri* a entonné la mise à mort. Les autres ont suivi. Le journal a évoqué les pots-de-vin versés par la Sago Construction Company à des hommes politiques influents, des amis de Yamashita. La mémoire de ce dernier en a pris un coup, mais la nouvelle tête du New Japan en

258

profite pour parler de nettoyage et de renouveau des valeurs. On a même l'impression qu'il y croit. Peut-être un peu plus que les électeurs cependant. Tu as provoqué un joli désordre, Louise.

– Je ne suis pas allée jusqu'au bout, Ken. J'ai manqué de courage.

– Je ne saisis pas…

– Les sables mouvants, souviens-toi…

– Oui, et alors ?

– Avant mon départ, j'ai eu l'impression de marcher dans un paysage tremblant. Un élément jurait dans le décor. Mais je ne pouvais pas l'identifier. Ou je ne le voulais pas. Je viens de recevoir une carte postale, avec un poème. Ou plutôt une chanson. Je vais te la lire :

« Rendez-vous sous le lion de Denfert / J'espère que tu as su y faire / Rendez-vous un vendredi / J'espère que tu lui as tout dit / Rendez-vous à l'heure de l'apéritif / J'espère qu'il n'a pas été expéditif / Car si le dieu de la montagne t'a écoutée / Alors je suis à moitié pardonnée… »

– Et c'est signé « Ton enquêtrice préférée ». Et il y a un post-scriptum : « Que dirais-tu d'une assistante dans mon genre ? »

– Et c'est censé vouloir dire ?

– Qu'Ève avait volé les bijoux pour te faire porter le chapeau et te discréditer auprès de ton maître de *rakugo*. Et ruiner votre relation. Kamiyama signifie *dieu de la montagne*, n'est-ce pas ?

– C'est exact.

– Je comprends enfin pourquoi elle voulait me voir avant de rentrer à Paris. Elle avait les bijoux et l'argent de ton *shifu*. Elle comptait me les confier pour que j'aille les lui remettre en personne. Elle les avait volés pour te punir d'aimer ton métier bien plus qu'elle. Elle n'avait aucun espoir que ça change. En tout cas, Ève avait fini par réaliser que sa petite vengeance n'était pas esthétique et qu'il valait mieux jeter l'éponge. Elle espérait changer de vie à Paris. En travaillant avec moi, apparemment.

Il garda le silence. Louise crut entendre une voix d'enfant en arrière-fond. La maisonnée Kamiyama s'éveillait ; c'était l'heure de l'école.

– Elle avait bu et n'a pas pu s'empêcher de te téléphoner, reprit-elle. Elle t'a appris qu'elle était au Togo Jinja. Seule. Tu as sans doute reçu l'appel alors que tu tenais compagnie à Watanabe. Après votre dernier verre chez lui, tu as eu le temps de te rendre au sanctuaire Togo. Watanabe était saoul, son témoignage n'a certainement pas révélé un emploi du temps précis.

Elle l'entendit soupirer. Quand il reprit la parole, sa voix était toujours aussi belle et maîtrisée. La voix d'un bon acteur.

– Elle était morte quand je suis arrivé.

– Qu'as-tu ressenti ?

– Inracontable.

– J'ai vécu la même scène, n'oublie pas. Je peux comprendre.

– Je n'aime pas ce ton, Louise. Tu veux m'apprivoiser et, en même temps, tu as peur. Tu sais très bien que je ne l'ai pas tuée. Sayuri Kirino s'en était chargée.

– Et si Sayuri n'avait pas réussi à filer Ève jusqu'au Togo Jinja ? En d'autres termes, quelle était ton intention en la rejoignant ?

– La revoir. Lui parler. Elle m'avait avoué qu'elle partait. Que c'était elle qui avait volé les bijoux. Elle voulait que je lui pardonne.

– Et tu n'as pas pu ?

– Je suis parti à sa rencontre sans réfléchir.

– J'ai du mal à le croire.

– Après son appel téléphonique, j'ai éprouvé une souffrance puis, rapidement, de la colère. Un sentiment froid cependant. Une partie de moi ne répondait plus, prête à tuer, du moins à faire mal. Une autre partie refusait cette furie, ce manque de contrôle.

– Il faut croire que tu as vite retrouvé ton calme. Tu as fouillé ses affaires, pris son téléphone pour que la police n'apprenne pas qu'elle t'avait appelé. Et tu as récupéré les bijoux des Kamiyama. Tu as été rapide en besogne, Ken. Les bijoux ont fait leur réapparition dès le lendemain. Ça s'est joué à peu de chose. Si Hata n'avait pas rencontré Kamiyama sur le seuil de sa maison, et s'il ne l'avait pas questionné au sujet du vol, je n'aurais jamais été au courant. Et la chansonnette d'Ève serait restée une charade…

Il se contenta d'un soupir découragé.

– Et la bagarre après ma découverte du corps, Ken ? Tu voulais te calmer les nerfs et, dans la foulée, rendre l'histoire plus réaliste. Et c'est Louise qui morfle. Merci.

– C'est toi qui es violente, à présent.

– Et la nuit dans le quartier des plaisirs de Gion ? Elle n'était pas plus vraie que le décor du love-hôtel ?

– Tu sais bien que j'étais sincère à ce moment-là.

– Et à Kamakura, au bord de la mer ? Toutes tes questions, c'était par mansuétude ? Ou parce que tu voulais être sûr que Hata ne t'avait pas dans le collimateur ?

– Tu veux une réponse parfaite ? Une phrase bien carrée. Je sais en faire. Mais à quoi ça nous servira ?

– C'est à peu près ce que tu m'as dit au sujet des histoires en général. *Des histoires, j'en connais d'autres et des plus sévères... tu n'as pas envie de les entendre, crois-moi.* Ta voix danse encore dans ma mémoire. Pour une fois, tu ne mentais pas.

– Je n'ai pas aimé te mentir, Louise. Il faut me croire.

– Tu es un animal trop sophistiqué pour moi, Ken. Je ne te suis plus. C'est comme un mauvais rêve : on s'endort avec son amant, on se réveille à côté d'un étranger. Un inconnu complet, capable de tout.

– Nous sommes tous des inconnus, même pour nous-mêmes.

– Je ne peux pas vivre comme ça.

Ils avaient parlé encore et leurs phrases s'étaient déconstruites peu à peu, devenant lâches comme les mailles d'un filet détendu. Elle n'avait pas trouvé de formule satisfaisante, alors elle avait raccroché au milieu d'un des silences de Ken. Il n'avait pas rappelé.

Louise écouta un moment le ronronnement des rares voitures qui passaient sur le quai de la Gironde. L'appartement était plongé dans la pénombre. Elle imagina Ken Fujimori, debout au milieu de sa chambre baignée d'une lumière matinale.

À Paris, le dragon-toboggan brillait dans la nuit, et il avait bien raison. Elle lui tourna le dos pour s'asseoir à son bureau. Elle glissa un CD-Rom dans le lecteur de l'ordinateur. L'écran s'illumina, dessinant la première étape d'une histoire électronique, un jeu d'aventures qui l'emmènerait jusqu'aux lueurs de l'aube. Louise devint Carmel, un homme blond et musclé, héros solitaire envoyé sur Dagon, planète hostile de Galaxie 10, pour combattre la conjuration de l'Ombre pourpre, une organisation criminelle menée par une bande d'androïdes infréquentables. Un jeu qui aurait plu à Ève Steiner.

Avant de plonger dans un univers où toutes les surprises sont contrôlables, elle remplit un verre d'eau, leva les yeux vers le grand miroir qui lui faisait face et trinqua avec son reflet.

À toi, Louise. Et que la force soit avec toi !

Sœurs de sang
Viviane Hamy, 1997
et « Points Policier », n° P2408

Travestis
Viviane Hamy, 1998
et « J'ai lu », n° 5692

Techno Bobo
Viviane Hamy, 1999
et « J'ai lu », n° 6114

Vox
prix Sang d'encre, 2000
Viviane Hamy, 2000
et « J'ai lu », n° 6755

Strad
prix Michel-Lebrun, 2001
Viviane Hamy, 2001

Cobra
Viviane Hamy, 2002

Passage du Désir
Grand Prix des lectrices de « Elle »
Viviane Hamy, 2004
et « Points Policier », n° P2057

Les Passeurs de l'étoile d'or
(photographies de Stéphanie Léonard)
Autrement, 2004

La Fille du samouraï
Viviane Hamy, 2005
et « Points Policier », n° P2292

Mon Brooklyn de quatre sous
Après la Lune, 2006

Manta Corridor
Viviane Hamy, 2006
et « Points Policier », n° P2526

L'Absence de l'ogre
Viviane Hamy, 2007
et « Points Policier », n° P2058

Régals du Japon et d'ailleurs
Nil, 2008

La Nuit de Géronimo
Viviane Hamy, 2009

Guerre sale
Viviane Hamy, 2011

RÉALISATION : IGS-CP À L'ISLE D'ESPAGNAC
IMPRESSION : CPI BRODARD ET TAUPIN, À LA FLÈCHE
DÉPÔT LÉGAL : MAI 2009. N° 99001-3 (63474)
Imprimé en France

Éditions Points

Le catalogue complet de nos collections est sur
Le Cercle Points, ainsi que des interviews de vos
auteurs préférés, des jeux-concours, des conseils
de lecture, des extraits en avant-première…

www.lecerclepoints.com

Collection Points Policier

Collection Points